다정하고 따스한 위로가 필요한 이들에게
이 책을 바칩니다.

일상에 지치고 위로가 필요한 당신에게
캘리그라피 에세이

다정하고 따스한 위로가 필요해

이경복 지음

도서
출판 **하영인** HaYoungIn

어떤 말을 생각하면
힘이 되세요?

캘리그라피를 하면서 누군가로부터 '위로가 된다, 따뜻하다, 힘이 된다, 감동이다.'라는 말을 참 많이 들었습니다. 저는 그저 좋아하는 글씨를 썼을 뿐인데 그분들의 말은 오히려 제 일에 의미를 부여해주는 것 같았어요.

글씨를 통해서 만난 사람들은 다양했습니다.
초등학생부터 60대까지 다양한 연령층의 사람들을 만나게 되었어요. 처음에는 캘리그라피가 글씨 쓰는 방법을 알려주는 것이라고 생각했습니다. 그런데 계속하다 보니 어느 순간 제가 사람들의 마음을 듣고 보는 법을 배우게 되었더라고요.

'어떤 말을 생각하면 힘이 되세요?'
'어떤 말을 써드릴까요?'
'쓰고 싶은 말이 뭐예요?'
'어떤 이유가 있나요?'

이렇게 질문을 건네며 쓰고 싶은 말을 적어보라고 이야기를 하곤 했어요. 저는 곁에서 사람들이 쓰는 모든 문장들을 보게 되었고, 자연스럽게 사람들의 마음 속에 어떤 말이 힘이 되는지 느끼게 되었습니다.

'그렇구나… 이런 마음이구나.'

그 말들을 보고 지나치기 아까워서 정리하고 기록해 둬야겠다고 생각했습니다. '누군가의 말이 다른 누군가에게도 힘이 되지 않을까?' 하는 생각이 들었거든요. 제 일상은 점점 그렇게 사람들의 마음이 담긴 문장들을 대하는 시간으로 채워졌습니다. 더불어 제 삶을 캘리그라피로 표현해가는 시간이 점점 쌓였고요.

생각이 무언가의 가치를 만들어가듯, 제가 만났던 시간, 사람들, 문장들을 소중하게 이 책에 담았습니다.

때론 대단한 행동보다 따뜻한 안부를 묻는 것, 수고했다고 마음 알아주는 것, 고맙다고 표현하는 것, 힘들 때 안아주는 것, 그냥 옆에 있어주는 것이 위로가 된다고 생각합니다. 글도 마찬가지입니다. 우리에겐 힘이 되는 문장들, 삶의 온기가 되는 말들이 필요해요. 누군가와 같이 있을 수 없을 때, 홀로 고독에 휩싸일 때 마음 속을 맴도는 말들이 있습니다. 그 한 문장이 우리를 따뜻이 안아주고 토닥토닥 위로해주기도 합니다. 이 책을 넘겨보다가 마음에 닿는 문장들을 만나게 되시면 좋겠어요. 고단했던 하루를 보낸 당신의 마음을 알아주듯 당신을 향해 날아가는 편지가 되기를 바라며, 다음을 여는 마침표를 찍어봅니다.

이 경 복

프롤로그

어떤 말을 생각하면 힘이 되세요? _ 4

 Letter 1   서툰 날들 속에서도 빛나는 순간

 **Letter 2   지친 마음을 다독이고 싶은 날**

 **Letter 3 다정하고 따뜻한 마음이 필요해**

 **Letter 4**　괜찮아, 좋은 순간들이 위로가 될 거야

에필로그

사람들이 쓴 글귀 모음

Letter 1

서툰 날들 속에서도 빛나는 순간

죽으라는 법은 없다

마을 축제에서 처음으로 손글씨를 써주는 날이었다.

"무료로 글씨를 써드립니다."

한 아저씨께서 다가오셨다.

"정말 공짜로 써주는 거예요?"

"어떤 글귀를 써드리면 좋을까요? 여기에 적어주시겠어요?"

주섬주섬 백지 위에 이렇게 적으셨다.

죽으라는 법은 없다.

50대 즈음 보이는 아저씨께서 적어달라고 하셨던 글자는 그분의 평온한 모습과는
정반대였다. 그 말 하나만 적어서 드리면 되는데 나도 모르게 질문이 나왔다.

"글귀에 어떤 사연이 있어 보여요…."

궁금한 것들을 조금 소심하게 묻자 큰 경계 없이 마음을 풀어놓으셨다.

"힘든 순간들이 많았어요. 죽고 싶을 만큼이요. 그럴 때마다 이상하게 이 말이 생
각나는 거예요. 죽으라는 법은 없다. 그 말을 생각하면서 넘어가고, 또 넘어가고
그랬답니다."

힘든 것 없이 사셨을 것만 같았는데 삶의 이야기를 듣고 나니 전과 다르게 가깝게
마음으로 다가왔다. 누군가의 삶을 지탱해준, 어찌 보면 생명수 같은 말을 적어 드

릴 수 있어서 다행스럽고 감사했다.

글을 써 드리고, 마침 전날에 적어놓았던 책갈피 하나가 눈에 띄어서 선물로 드렸다.

"이 또한 지나가리라.. 이건 제 선물이에요. 가지세요."

그걸 받으시던 아저씨는 어찌나 행복해 하시던지 연신 고맙다고 하셨다.

죽으라는 법은 없다.

그 날, 사람들에게 글씨를 써주는 것이 어떤 의미인지 알게 되었다.

평생 선물, 이름

주위에서 이름이 바뀐 사람들을 마주한다. 아주 가깝게는 이모다.
바뀐 이름이 낯설고 어색했다. 자꾸 불러야 자연스러워질 것 같아 '누구 이모'라고 불렀다. 이모는 몸이 아프고 하는 일이 안 돼서 작명소를 찾으셨다고 한다. 이모는 바뀐 새 이름을 마음에 들어하시는 것 같았다.

개명이라는 단어를 처음 알게 된 초등학교 시절, 짝꿍의 엄마도 몸이 자주 아파서 이름을 바꿨다는 이야기를 들었다. 그때의 기억은 참 낯설었다. 이름은 태어나서 죽을 때까지 바꿀 수 없다고 생각했는데, 새롭게 지을 수 있다는 게 생소했다.

형체만 있고 이름이 없다면 가수 아이유의 노랫말처럼 '너의 의미'가 불분명해진다. 나의 이름을 가지고 이야기하자면 할 말이 참 많다.
"경복궁, 경보기"
심지어 남자 이름 같다고 몇 번씩 내 이름이 맞냐고 묻는 사람들도 있었다. 그럴 때마다 나도 세련되고 예쁜 이름을 갖고 싶었다. 한번 지은 이름은 평생 가지고 살아가야 한다고 생각했는데, 나중에 개명이라는 것을 알고 난 후 '나도 한번 바꿔볼까?'하는 생각을 해봤다.
그런데 막상 그렇게 하려고 생각하니 오래도록 듣고 자란 내 이름이 애틋하게 느껴졌다. 내가 갖고 싶어했던 이름을 가진다고 해도 어쩐지 나 같지 않아서 더 어색할 것만 같았다.

아빠가 지어주신·내 이름.

"경(敬: 공경할 경) 복(福: 복 복)"

아이를 낳고 이름을 짓기 위해 고민해보니 내 이름은 부모님이 좋은 뜻과 행복한 삶의 바람을 담아 나에게 주신 선물이라는 생각이 들었다. 모든 부모가 그렇지 않았을까? 그러니 우리는 기본적으로 몸에 선물 하나씩은 평생 지니고 일상을 살아간다는 생각이 들었다.

평생 복 많이 받으라고 지어주신 이 순박한 이름을 사랑하기로 했다. 이름대로 살아간다는데, 지금까지 나는 복을 많이 받은 것 같다.

이름

가장 좋은뜻을 담아
평생 행복하게 살아가라고
새겨주신 선물

팝콘 같은
행복

팝콘을 좋아하는 남편이 영상으로 팝콘 만드는 것을 보고 아이들과 집에서 만들어보겠다고 했다. 아이들은 기대에 가득 차 아빠가 만드는 것을 봤다. 잠시 후 조그만 옥수수 알갱이들이 냄비 안에서 톡톡 굴러가더니 "뻥 뻥" 터지는 소리가 났다. 쉴 새 없이 부풀어 올라 냄비에 가득 찬 팝콘들을 보며 아이들은 박수를 치고 환호했다. 그 후 몇 번 더 우리 집에는 이런 풍경이 계속 됐다. 옆에서 보면서 문득 그런 생각이 들었다.

'작고 작은 것들이 계속 부풀어 넘치는 것처럼 행복도 팝콘 같은 모습이 아닐까?'
'정신 없이 일상을 보내다가도 언뜻언뜻 마음 속으로 느끼는 행복들은 작고 작은 순간들 속에서 꼭꼭 숨어있다가 튀어나오는 것은 아닐까?'

이 생각에 "소확행"이라는 단어가 떠올랐고 생각의 꼬리는 무라카미 하루키로 이어졌다. 그의 글을

팝콘같은
행복

작은 옥수수 알맹이가
우수수 넘쳐나는 팝콘으로 튀겨지듯이
내가 가진것이
조금 아쉬워도
넘치는
행복이
될거야

통해서 사람들에게 알려졌다는 "작지만 확실한 행복"에 대한 것들. 그것을 생각하니 나의 소확행은 뭘까 생각해봤다.

1. 새벽 고요한 시간
2. 가족들과 함께 먹는 맛있는 음식
3. 산책하기
4. 좋아하는 라디오나 음악 듣기
5. 아기자기한 물건들을 보는 것
6. 여행을 떠올리는 모든 것
7. 쓰고 싶은 말들을 노트북에 기록하기
8. 집중해서 그림을 그리거나 글씨를 쓰는 것
9. 우체통에 들어 있는 편지
10. 보고 싶은 사람들 떠올리기, 만나기
11. 아이들을 보고 있는 순간들
12. 누군가 해준 따뜻한 말

'팝콘에서 시작된 사색이 소확행에 대한 단상까지
가게 될 줄이야….'
의외이긴 했다. 하지만 다시 그 장면을 떠올려도
여전히 이런 생각을 할 것만 같다.

마법처럼 부풀며 터지는 팝콘 소리,
행복이 터지는 소리.

'아 좋다! 작고 작은 행복들아 팝콘같이 터져라.
톡 톡 톡'

정리는
자신을 아껴주는 일입니다

〈신박한 정리〉를 보았다. 어떻게 하면 집을 원하는 대로 사용할 수 있을까 고민하는 사람들에게 물건을 정리해주고, 원하는 공간을 만들어 주는 TV 프로그램이다. 집을 점검하러 간 공간크리에이터와 MC들은 하나같이 집 상태에 놀랐다. 쌓여있는 옷, 넘치는 책, 갈 곳 잃은 가구, 식재료로 가득 찬 냉장고, 언젠가 필요할 것 같아 보관하고 있던 물건이 공간을 가득 차지했다. 이런 집이 어떤 모습으로 변할지 궁금했다. 보다 보니 집이 변해 가는 과정 속에 공통점이 있다는 것을 발견했다.

1. 무조건 버리는 게 능사가 아니라 물건들을 구분하여 정리하는 게 중요하다.
   필요, 욕구, 버림
2. 원하는 모습으로 살려면 여백이 있어야 한다. 즉 채우기보다 비워내기가 정리의
   시작이다.

프로그램을 본 다음 날이면 나도 집안 정리를 하곤 했는데 생각보다 버리기가 쉽지 않았다. '가지고 있으면 언젠가 쓸데가 있다고 생각하는 욕심은 뭘까?' 그 프로그램을 보면서 이지영 공간크리에이터의 말이 마음에 남았다.

"정리는 자신을 아껴주는 일입니다"

정리는
자신을 아껴주는
일입니다

이지영 공간크리에이터의 말

분노
바쁨

욕심 어수선 잡착 아픔 상처

쓰레기통

단순하게 물건의 정리로만 생각했던 일들이 사실은 나에게도 꼭 필요한 일이었음
을 모르고 있었다.
버리면 또 다른 것들로 금세 채워지는 공간들.
옷이든 살림이든 책이든 집에 있는 뭐든 물건들을 바라보고 있으면
이런 생각이 든다.

'어쩜 이렇게 많은 것들을 가지고 살아가는 것일까? 없어서는 안될 것은 없나?
아니, 나는 나를 아껴주고 있는 중일까?'

생명을 키우는 것

아이를 키우면서 모든 감정을 경험하게 된다.
태어나는 순간 경이로움을 지나 현실로 다가오는 감정들은 지극히 나 자신을 또렷이 바라보게 해주었다. 지금 돌이켜 보면 밑바닥의 마음부터 넘실거리는 감동까지 모두가 생생하다.

힘들었던 감정이 솟구칠 때가 있었다.
아이의 작고 작은 몸에서 열이 나 어찌할 줄 몰랐던 밤이 그랬다.
아이 돌보느라 밥을 제대로 먹지 못하고 후루룩 넘겨 먹을 때가 그랬다.
모유수유로 잠깐의 외출도 할 수 없을 때가 그랬다.
아기 띠를 하고 어깨에 가방을 메고 손에 짐까지 들고 걸었을 때가 그랬다.
'이제 아줌마가 됐구나.' 문득문득 거울에 비친 나를 볼 때가 그랬다.

아이를 키우며 신비로움을 느낀 때가 있었다.
아이의 따스한 체온을 느끼며 쳐다보는 일이 그랬다.
엄마를 닮고 아빠를 닮은 모습을 발견할 때 그랬다.
두 발에 힘을 딛고 처음으로 몇 발짝을 뗄 때가 그랬다.
처음으로 엄마, 아빠라고 불러줬을 때 새로운 이름이 생긴 것처럼 벅찼다.
신발과 옷이 작아져서 입지 못했을 때가 그랬다.

북모르는 이름을 다듬이 삼아 수어없이 마음을 매만져가는 과정이 아닐까

생명을 키우는 것

아이를 키우며 감격스러웠던 때도 있었다.

엄마가 세상에서 제일 좋고 예쁘다고 말해줄 때가 그랬다.

꾸깃꾸깃했지만 정성스럽게 만들어 온 카네이션을 처음으로 가슴에 달 때가 그랬다.

힘들어 보이면 말없이 어깨를 주물러 주는 것이 그랬고

언제 이렇게 마음을 헤아릴 만큼 컸는지 책상 위에 편지를 올려 놓을 때가 그랬다.

생각해보면 생명을 키우는 것은

울고 웃는 속에서 부모라는 이름을 다듬이 삼아

수없이 마음을 다듬고 매만져 가는 과정이 아닐까하는 그런 생각이 들었다.

인생은
경주가 아니라
여행이다

이 문장은 수업할 때 사람들이 자주 썼던 문장 중 하나다. 왜 그렇게 많은 사람들이 마음에 담고 있을까 생각하면 이런 마음이 든다.

경주처럼 사는 삶을 내려놓고 여행처럼 살고 싶어서.

그리 오래 살지는 않았지만 인생을 어떻게 살고 있나 스스로에게 물어보면 내 대답도 이렇다. 경주처럼 살고 있는 사람.

시골에서 초등학교를 졸업하고 중학교 첫 소집일에 이런 생각을 했다.
'이 많은 아이들 속에서 중간만 하자.'
그 생각은 실제로 이어져 딱 중간 만큼 하며 중학교 1학년 시절을 보냈다. 그런데 그 해 겨울, 생각이 바뀌었다. 쉬는 시간에 어떤 친구가 책에 새까맣게 줄을 그어가며 공부를 하고 있었다. 그 모습이 무척 새롭게 보였다. 불현듯 나도 그 친구처럼

인생은
경주가 아니라
여행

나는 약간의 경주는 필요하지 않을까
생각한다. 타인과의 경쟁이 아니라
자신이 하고 싶은 일에 대한
집중의 시간은 스스로를 발전시켜 주니까

공부하고 싶다는 생각이 들었다. 경쟁심이라기보다 그렇게 한번 해보고 싶었다. 줄을 그어가며 책을 읽어갔더니 성적이 몰라보게 쑥 올라갔다. 나도 놀랐고 부모님도 놀랄 일이었다. 공부가 재밌기도 했다.

그리고선 명문 고등학교에 진학하게 되었는데 그때부터는 전쟁 같았다. 지역에서 공부를 잘하는 아이들이 다 모이니 버거웠다. 경주도 그런 경주가 없었다. 자포자기하고 싶은 마음이 들 때도 있었는데 다행히 그때마다 격려해주신 선생님이 계셔서 잘 버틸 수 있었다. 대학에 들어갔다고 해서 경주에서 해방된 건 아니었다. 부모님을 생각해서 한번이라도 장학금을 받아야겠다는 생각, 좋은 데 취업해야 한다는 생각, 삶이 그야말로 경주의 연속이었다.

'지금은 어떤가?'라고 묻는다면 조금 달라진 것이 있다. 예전의 삶은 모든 순간이 전투적으로, 경쟁적으로 뛰어가야 하는 허덕임이었다면 지금은 그래도 원하는 것들을 골라서 그 위를 걸어가고 있다.

가끔 여행을 가면 그런 생각이 든다. '계속 여행하고 싶다. 돌아가지 않고 여행만 하고 살면 얼마나 좋을까?' 실제로 여행만 하고 살아간다면 삶의 만족도가 어느 정도일지는 모르겠다. 분명 좋기는 할 테지만 여행이 여행으로서 더 즐거울 수 있는 건 일상을 지탱하게 해주는 것들 덕분이 아닐까 한다. 펑펑 돈만 쓰고 살 수도 없을 테고.

"인생은 경주가 아니라 여행이다."라는 문장을 보면서 나도 늘 이렇게만 살면 얼마나 좋을까 생각하곤 했다. 그런데 생각해보면 약간의 경주도 필요하지 않을까? 경주가 자신이 하고자 하는 일에 대한 집중의 시간을 늘려 줄 수 있다. 누구처럼, 누구 보다가 아니라 자신이 좋아서 그에 대해 몰입하는 시간이 늘어나면 이 시간은 스스로를 발전시켜 준다. 거기에서 자신감을 얻기도 했고 누군가에게 도움을 준다는 보람을 느끼기도 했다.

오래 전 광고 문구 중 "열심히 일한 당신 떠나라."와 같이 수고한 나에게 여행을 선물하는 삶을 종종, 아니 자주 살고 싶다.

그건 나의 기쁨이야

남편과 연애할 때 그가 자주 해주는 말이 있었다.

"It's my pleasure."

무얼 해줄 때마다 그 말을 들으니 참 고마웠다. 집을 바래다 줄 때도, 무언가를 줄 때도, 뭘 하든 내게 그렇게 말해주곤 했다.
결혼을 하고 나도 무언가를 해줄 때 이 말을 쓰게 됐다. 그런데 말하고 나면 내 마음도 기뻤다.
마지못해서 하거나, 불평하고 싶은 마음이 스멀스멀 올라올 때 이 말을 하고 나면 마음 모드 자체가 바뀌는 걸 여러 번 느끼게 되었다.
듣는 사람도 기분 좋아진다. 자신을 위해 기쁘게 무언가를 해주는 사람이 있다는 건 언제 들어도 행복한 일 아닌가.
때로 마음이 따라주지 않았을 때 기쁜 말을 먼저 하고 나면 마음도 뒤따라가는 것을 알게 됐다.

나의
기쁨이는

남편이 좋아하는 동태찌개!

기쁘다고 말하면
정말 기쁘게 되는 말

쭉쭉 펴져라
당신의 삶이여

주부가 된 이후 집안 살림 하나하나가 글감이 된다.

설거지를 하면서는 내 마음도 이렇게 깨끗이 씻어냈으면 좋겠다고 생각하게 되고,
빨래를 하고 섬유유연제를 넣으면서 옷에 향기가 나는 것처럼 내게도 산뜻한 향기
가 스며있는 사람이 되고 싶다는 생각을 한다. 밥상을 차릴 때는 정성과 사랑이 담
긴 밥처럼 내면이 풍족한 사람이 되고 싶다는 생각을 하고, 남편의 구겨진 옷을 다
림질하면서는 이런 생각을 한다.

쭉쭉 펴져라 당신의 삶이여
구겨진 마음도
어딘가 내가 모를 마음 아픈 구석도
따뜻한 온기로 곳곳이여 펼쳐져라
엄마와 아빠를 일찍 잃은 당신의 슬픔도
동생을 떠나 보낸 당신의 애달픔도
이별에 익숙하다고 말했던 당신의 남모를 멍들도
환하게 맑아지고 곧게 펼쳐져라
당신이 입을 옷들에 그런 나의 바람을 실어요.

쭉쭉
펴져라 당신의
삶이여

구겨진
마음도
아픈구석도
따뜻한
온기로
곳곳에
펼쳐져라
슬픔도
애달픔도
남모를 모든
멍들도
환하고 곧게
펼쳐져라

부부라는 글자

더하고 덜한 것도 없이 똑같은 자음과 모음의 개수를 나눠 가진 사람.
글씨를 쓰다가 문득 이런 생각이 들었다. 똑같은 글자의 모양처럼 부부는 서로 연결되어 있어서 유난히 많은 영향을 받고 사는 사람이 아닐까.

서로에게 좋은 일이 있으면 덩달아 같이 힘이 나지만, 힘든 일이 있으면 그 마음도 고스란히 서로에게 짐처럼 무겁게 느껴질 때가 있다.
모습도 점점 닮아간다. 매일매일 보는 사람과 비슷한 언어를 쓰고, 비슷한 마음을 나누기 때문이라는 생각도 들었다.
좋은 날은 좋은 날이어서 같이 웃게 되고, 힘든 날은 힘든 날이어서 삶의 무게들을 같이 가져가기에 부부는 그렇게 다른 사람이 만났어도 닮아가는 사람들이 되는구나 느끼곤 한다.

그 중 예를 하나 들자면 이런 것이다. 몇 년 전부터 우리 부부는 은퇴에 대해서 이야기를 많이 나누게 됐다. 나와 남편은 띠 동갑이어서 50세를 훌쩍 지나가는 남편의 나이에 맞춰 생각하게 되는 것들이 많아졌다.
회사생활에 대한 이야기를 할 때면 회사 분위기, 회사 생활, 비슷한 나이대의 동료들의 이야기들을 자주 나누게 됐다. 듣다 보니 자연스레 은퇴 후의 삶에 대해 생각하게 되었다.

벗

더 낫거나
덜 나은 것
없이
똑같은
자음과
모음을
나눠가진
사랑

무거운건
나누고
좋은건
함께해요

남편에게 종종 물었다. "당신은 뭘 하고 싶어요?"

그 질문을 나누면서 나도 직업을 가져야겠다는 생각으로 자연스레 흘러갔다.

하고 싶은 일 중에서 좋아하는 것을 찾아가다가 캘리그라피를 만났다.

가끔 남편과 우스개로 이런 이야기를 한다.

만약 내가 당신을 만나지 않았더라면 지금처럼 글씨를 쓰는 직업을 가질 수 있었을
까. 생각지도 못했던 일이 그렇게 부부라는 연결 위에서 시작되었다.

부부라는 단어를 다시 보며 생각한다.

마치 시소 위에 나란히 앉아있는 것 같은 사람들, 어느 한쪽이 계속 내려가 있으면
재미가 없다. 오르락내리락 하다가도 어떤 지점에서 균형이 맞아 평행을 이루면 신
나는 경험을 하게 된다.

부부라는 것이 내게 그렇게 다가왔다.

나에게 집이란

결혼을 하고 제일 달라진 것이 있다면 집이 아닐까 한다.
드나들던 대문이 달라진 것.
결혼식을 하던 날 신혼집에 들어갔을 때 어색했던 모든 것들.
어쩐지 내 집 같지 않아 엄마 아빠가 계신 곳으로 가야 할 것만 같았는데,
그런 마음도 빠르게 적응되어 갔다.
달라진 역할들이 내가 살아가는 공간에 의미를 부여해주는 기분이었으니까.

엄마가 차려주신 밥상에 숟가락만 얹었다면
이제는 뭐해 먹을지 생각하고, 내가 원하는 집안 분위기로 꾸며가는 소소한 재미가
있었다. 자잘한 살림살이 하나하나가 모두 내 마음대로 바뀌어 갔다.

신혼 초에는 사진을 좋아해서 사진으로 몽땅 한 벽을 붙여놨더니 집에 오시는 분마
다 놀라셨다. 쿠키를 배우기 시작했을 때는 집에 달달한 향기가 가득했고, 남편이
생일 선물로 재봉틀을 사줬을 때는 땅을 파는 듯한 소리가 집안을 채웠다. 지금은
글을 쓰는 노트북과 언제든지 글씨를 쓸 수 있도록 책상 위에는 재료가 준비되어
있다. 집이 그렇게 집주인의 분위기대로 취향대로 달라져 간다.

몸도 마음도
쉬는 곳
모락모락
밥 짓는 향기가
모락모락 나는 곳
토닥토닥
용기 주는 곳
그리운 이들이
찾아 안고
끄덩게
기가
온 머무는 곳

집에 대한 로망이 있었다.

아늑하고 따뜻할 것

들어오면 마음 편할 것

좋아하는 물건들이 있을 것

아기자기할 것

하얀색 시폰 커튼이 있을 것

포근한 빵집 분위기 조명이 있을 것

스탠드가 군데군데 놓여 있을 것

흔들 의자가 있을 것(아직 없음)

거기에 덧붙이자면 압력 밥솥 돌아가는 소리, 도마질하는 소리도 났으면 좋겠다고

생각했다.

딸들도 결혼을 하기 전까지 수도 없이 드나들 이곳,

남편과 나의 싱그럽던 모습이 점점 나이든 모습으로 바뀌어가도

집은 변하지 않는 포근한 아지트가 됐음 좋겠다는 바람.

그 바람이 이곳에 담겨 있다.

엄마는
할 수 있어

"엄마는 엄마가 되고 나서 다양하게 살아가는 것 같아요. 엄마가 참 멋져요."

어느 날 딸이 내게 이런 말을 했다.
그 말을 딸에게서 들으니 괜스레 뿌듯했다. 생각해 보니 그랬다.
엄마가 되고 나서 달라진 일상의 시간들.
엄마라는 이름이 갑자기 주어지고, 그 이름값을 하며 살아내느라 눈물 쏙 빠지게 버거운 날도 있었지만 그 틈 사이에서 마음을 녹여주는 순간들도 참 많았다.
"엄마에게"라고 적어준 편지, 톡톡 어깨를 두드려주는 작은 손, 엄마를 보곤 온 세상을 다 가진 듯 안도감을 느끼는 눈빛에서 거꾸로 나의 존재감을 느끼게 된다. 그런 고마운 순간들, 아이들이 자라면서 느끼게 해주는 기쁨이 얼마나 많은가.
그 중에서 이런 발견도 있었는데 바로 '시간의 재발견'이 아닐까 한다.

결혼 전에는 자유로운 시간들이 많았음에도 뭘 해봐야겠다는 생각을 해보지 못했다. 그런데 엄마가 되고 나서 막간의 자유 시간이 생기면 얼마나 달콤하던지… 뭘 해도 다 좋다는 생각이 들었다. 마치 세상 어디라도 나비처럼 훨훨 날아오를 수 있을 것 같은 마음이랄까.

시간이 주어지는 것이 이렇게 고마운 건가 하는 생각이 저절로 들게 된다. 그 속에서 나는 좋아하는 것, 하고 싶은 것들에 대한 갈망들이 많아졌다. 아이들이 어렸을 때는 즐겨 듣는 라디오에 글을 보내보기도 하고, 블로그에 일기를 쓰기도 했는데, 그 시간이 무척 행복했다.

언제 클까 싶었던 아이들이 점점 나의 품에서 벗어나는 듯한 느낌이 들 때, 나는 나이만 배부르게 먹어가는 게 아닐까 하는 생각이 들다가도 이때가 아니었으면 나 자신을 잘 알았을까 하는 생각도 하게 된다. 미처 알지 못했던 '나'라는 존재에 대한 관심 말이다.

엄마라서 할 수 없는 것들도 있었지만 다른 한 편
으로는 엄마라서 평범한 것들 하나하나를 고맙게
받아들이기도 한다.

언제부턴가 꽃을 좋아하게 되고, 꽃을 자주 그리게
되었다. 어느 날 여기 저기 새싹이 나고 꽃이 피는
계절에 이런 생각이 들었다.

'엄마라는 이름에 다양한 꽃씨를 뿌려두어야지.'

아이는
찰흙과 같다

그럴 때가 있다. 아이들이 나와 너무도 닮아 있다는 걸 느낄 때.

엄마 아빠 닮은 것이 당연한 것이라지만 어떨 때는 닮지 않았으면 하는 것까지 닮아서 당황스럽기도 하다.

엄마 아빠가 자주 쓰는 단어를 아이가 말한다.

엄마 아빠의 관심사가 아이들에게 자연스레 영향을 주고,

엄마 아빠의 몸에밴 행동들을 아이들이 어딘가 모르게 닮아간다.

또 다른 내가 세상에 태어났다는 감동을 주는 아이들.

물을 주고 햇볕을 쬐어주듯이 애정으로 대해야 하는 존재들.

뭐든 말랑말랑하게 반응하는 아이들을 볼 때마다

예술가의 손끝에서 작품이 태어나듯,

마음의 손으로 아이들을 잘 빚어가고 싶다.

후에 어떤 완성작이 나올지 나도 참 궁금해진다.

아이는 찰흙과 같다

너의 삶을 살아라

수업이 끝난 뒤였다. 쓴 글씨들을 정리하고 있는데, 한 할머니께서 강의실에 들어오셔서 글씨를 찬찬히 살펴보셨다.

처음에는 판매하냐고 물어 보시길래 '판매는 하지 않아요.' 라고 말씀 드렸더니 그래도 계속 머물러 글귀들을 읽으셨다.

그러다 한 엽서를 가리키시며 너무 미안해하시는 목소리로 줄 수 있냐고 하셨다. 장애 아들이 있는데 주고 싶다고 하시면서… 어떤 장애가 있는지는 말하기 그렇다고 하시면서 35살이라고 하셨다.

"네… 가져가세요 할머니."

다시 만드는 수고를 해야 하지만 노모가 다 큰 아들을 생각하는 마음이 고스란히 내게로 다가와서 드리지 않을 수가 없었다.

잠시 스쳐간 어느 할머니, 그리고 그분의 아들에 관한 이야기….

아들에게 이 문장은 어떻게 다가갔을까?

자신의 삶을 살아가야겠다고 생각하게 됐을까?

엽서에 새겨진 문장을 보며 아들을 생각하셨던 노모의 마음이 가슴 깊이 파고든다.

지금

되도록 하고 싶지 않은 말이 있다.

예를 들면 '나중에 밥 한번 먹자.'라던가 '나중에 만나자.'라는 말이다. 실제로 나중에 밥도 먹고 만날 수도 있을 테지만, 지나가는 말은 무언가 헛헛한 마음을 주곤 했다. 그래서 정말 만날 수 있을 때, 만날 마음이 있을 때 이야기하자고 생각하곤 한다.

또 다른 것은 '나중에 해야지.'라는 말이다.

지금 하지 않으면 안 되는 것들이 지내다 보면 생기게 된다. 일상은 늘 바쁘고 고단한 것이 당연하기라도 한 것처럼 매일 무언가가 생긴다. 그러다 보면 오히려 가까이에 있는 사람들을 소홀하게 하거나 마음 써야 할 것들을 놓치게 된다.

그럴 때마다 할 일들을 적어 놓고 뭘 먼저 해야 할 지 우선순위를 정해서 하려고 하는 편이다. 지금 하지 않아서 후회를 남길 것 같으면 '지금 하기'를 선택하는 것이 좋다라는 생각이 늘 머릿속에 담겨있다.

매일 아침 눈을 뜨는 순간 '지금과 나중'이 졸졸 따라다닌다.

'뭘 먼저 하지?' 부디 덜 후회를 만드는 하루가 되기를….

추억은
살아가는
양분이 된다

'어 이상하다 불이 안 들어오네.'

USB를 컴퓨터에 아무리 연결해도 작동이 되지 않자 슬슬 걱정이 되기 시작했다. 머릿속이 점점 하얗게 되는 순간, USB와 컴퓨터를 연결하는 부분이 '툭'하고 떨어져 나갔다. 그 순간 아찔했다. 웬만한 것들을 고치는 남편에게 보여줬더니 남편은 USB의 연결된 부분이 삭아서 떨어져 나갔기 때문에 이번에는 좀 힘들 것 같다고 했다.

결혼 생활 13년, 내가 가지고 있는 USB 4개. 그 시간들이 전부 여기에 보관되어 있는데 모든 것들이 연기처럼 사라진 기분이었다. 남편이 USB를 믿으면 안 된다는 말을 할 때마다 그런 일은 절대 벌어지지 않을 거라 생각했는데, 이런 일이 일어난 거다. 완벽하게 남아있을 거라고 생각했던 것들이 사라졌지만, 그렇다고 되돌릴 수는 없었다.

추억은 살아가는 양분이 된다

직장 생활을 하던 20대의 풋풋하던 모습
남편과 연애할 때 찍은 모습
처음 웨딩드레스를 입었을 때 모습
아름다운 옷들을 원 없이 입었던 웨딩 촬영
평생 잊을 수 없는 결혼식
마음 설렜던 신혼여행
임신해서 몸이 변해가던 모습
아이가 태어나던 순간
아이가 자라는 모습까지
인생에서 가장 굵직한 추억들이 이 작은 기계 안에
들어 있었다.

남편은 복구하러 나가면서 비용은 20~30만원 든
다고 했지만 나는 꼭 그 사진들을 되살리고 싶었다.
소중한 추억들이니까. 다행히 남편이 예상한 비용
보다는 덜 나왔지만, 그래도 추억을 복구하는 데 적
지 않은 비용이 들어갔다. 두근거리는 마음으로 수
리한 USB를 꽂자 모든 추억들이 마술처럼 나타났
다. 그때의 안도감과 감동은 말로 할 수가 없었다.
얼마나 좋았던지… 다시 보는 사진들에 괜스레 눈
물이 핑 돌았다. 무슨 날, 무슨 날로 이름 붙여진 수
많은 날들을 내가 살아왔다는 생각이 들어서.

그날이 그날인 것 같은데 다시 돌아오지 않는 딱
하나의 추억들이 매일매일 만들어지는구나….

Letter 2

지친 마음을 다독이고 싶은 날

대충해

'아무것도 안 하는 시간은 아무것도 아닌 시간을 살고 있는 것일까?'
'왜 꼭 무언가를 하고 있어야 잘 살아가고 있다고 생각될까?'

종종 이런 생각을 하곤 했다.
그래서 설거지를 하면서도 강연가의 영상을 틀어놔야 뭔가 생산적인 시간을 보낸 것만 같은 생각이 들었다.

최근에 뭔가 많은 일들이 생기고 정신 없는 날들을 보내고 나니
'아무것도 안 하는 시간'이 저절로 생각났다.
온 몸이 꽉 찬 느낌이었다. 나름 멍하게 보낼 수 있는 때가 걷는 시간이었다. 되도록 핸드폰은 열어보지 않고 그냥 걷는 거다. 하늘도 보고 산도 보고 꽃도 보는 것. 잠깐이라도 그런 시간을 보내고 나면 뜨겁게 달궈진 핸드폰 충전기를 뽑는 것처럼 원래의 나의 온도로 돌아가는 것 같았다. 그런데 이렇게 좋은 것을 알면서도 다시 원래대로 쉽게 돌아간다. 몸과 마음을 챙기는 시간이 자꾸 뒤로 밀려난다. 열심히 살아간다는 이름으로.

내가 무언가에 몹시 잘하려고 부담을 가지고 있으면 남편이 이런 말을 한다.

최선 → ← 대충

대충해

좀더 멀리   가려면
좀더 오래   걸어가려면
최상의 단어 말고 최중이나
최하의 단어도 필요하지 않을까

"대충해."
어떻게 그렇게 하냐고 대답하곤 하지만 듣는 내 마음은 이상하게 편안해진다. 더군다나 그 말이 오히려 잘 할 수 있다고 하는 말보다 더 힘을 줬다.

열심, 최선, 성실이 좋다는 것을 알지만 내 삶을 지탱하는 단어에 늘 이렇게 파이팅만 넘쳐야 할까?
좀더 멀리 가려면, 좀더 오래 걸어가려면, 아니 그냥 지금을 충분히 누리려면 최상의 단어 말고 최중이나 최하의 단어도 필요하지 않을까 하는 생각이 든다. 최선으로 해야 할 일에 압박이 느껴질 때 나는 아주 반대의 말을 생각한다.

"대충해."

꽃이 오래 가려면

누군가에게 꽃을 사주고 싶어서 꽃집에 갔다. 이리저리 둘러보니 보이는 꽃마다 눈을 녹게 한다. 뭘 사야 할까 고민하고 있으니 사장님께서 말을 붙이셨다.

"어디에 가지고 갈 거예요?"

선물할 사람을 이야기하자 바로 어떤 것이 좋겠다고 이야기를 해주셨다.

그러다 흘러가는 말로 "꽃이 이렇게 이쁜데 잘 사다 놓지 않게 돼요. 누가 선물로 주면 좋아서 받지만 금방 시들어서요."

그러자 꽃집 사장님이 알려주셨다.

"매일마다 꽃 줄기 아래쪽을 대각선으로 잘라 줘야 해요. 꽃을 그대로 매일 놓아두어서 금방 시들어버리는 거예요."

며칠이 지나서 꽃을 받았다. 얼른 꽃병에 꽂아두고 보는데 역시 꽃은 꽃이다. 보는 것만으로도 마음까지 화사하게 스며들게 하니까.

이번에는 좀더 오래 꽃을 보기 위해 꽃집 사장님께서 해주신 말씀대로 했다. 귀찮아도 꽃의 물도 매일 갈아 주고 줄기 아래쪽을 잘라 주었다. 그럼에도 먼저 시들어버리는 꽃이 있었지만 오래도록 머무는 꽃도 있었다. 아침마다 꽃을 바라보니 이런 마음이 들었다.

매일
마음다듬기

예쁜 꽃을 오래보려면
매일 줄기를 잘라주듯이
좋은 마음을 지켜가려면
헌마음을 다듬어야지

'식물도 이렇게 오래 신선함을 유지하기 위해서 상해가는 부분을 떼어내고 잘라내는데 사람 마음은 오죽할까?'

누군가에게 들었던 상처가 되는 말의 흔적들,
무례한 사람들이 남기고 간 쓰라림,
이따금 마음을 무겁게 하는 일상의 공기들.
매일같이 꽃을 대하듯 마음 속을 들여다보고 다듬어야 할 이유가 있었다.

옷의 힘

하루 중 가장 오래 입고 있는 옷, 앞치마.
허리에 단단하게 묶은 이 앞치마를 하고 안 하고의 차이가 있다.
옷에 뭐가 묻지 말라고 입는 거지만 허리에 묶는 순간 마음이 달라진다. 뭐라도 맛
있는 음식을 만들어 봐야겠다고 생각하게 된다. 그건 요리할 적만은 아니었다.

글씨를 쓸 때도 작업 앞치마를 하는데 뭔가 더 열심히 쓰겠다는 마음이 더해졌다.
평상시 옷을 입을 때도 청바지를 입었을 때와 하늘하늘한 치마를 입었을 때,
구두를 신을 때와 운동화를 신을 때 몸의 움직임들이 바뀌게 된다.

옷 하나로 이렇게 마음까지 바뀌게 되는 것을 보면서
옷이 사람을 변신시켜주는 날개라고 하지만
마음속에 날개를 달아주는 역할까지 하는구나 싶었다.
무엇인가 나의 마음이 준비되어야 하는 일이 있다면 거꾸로 마음이 준비되도록
내가 입고 싶은 옷을 먼저 입어야겠다고 생각했다.

옷의 힘

마음준비가
필요하면 먼저
어울리는
옷입기

선택과 거절

프리랜서가 된 이후 나도 모르게 이런 고민을 할 때가 있다. 일이 아무것도 없을까봐 고민이 될 때도 있지만, 일이 많아도 거절하지 못하는 고민을 하곤 한다. 어쩔 때는 몸이 힘들지만 'YES'라고 말하고 나서 끙끙거린다. 왜 거절하지 못할까 생각해보니 이유는 여러 가지였다.

미안해서, 나를 찾아 주는 것이 고마워서, 다음에 일이 들어오지 않을까봐 은연중에 그런 생각을 하게 된다. 그래서 하던 일에 집중해야 할 때도 다른 일을 다 받아놓고 잠도 못 자가며 할 때가 많았다. 이런 나를 보며 답답한 마음이 들어서 메모장에 '거절'이라고 적어놓았던 적이 있었다. 다른 사람들은 어떻게 하는지 물어본 적도 있다. 그랬더니 이렇게 대답들을 해주셨다.

금액을 먼저 물어보고 결정하는 사람이 있기도 했고, 들어오면 무조건 한다는 사람, 해보지 않은 일이라 모험으로 하는 사람도 있었다. 같은 경우라도 선택하는 이유들은 다양했다. 약간의 차이가 있긴 하지만 나도 생각해본 적이 있던 이유들이었다. 어떤 선택을 하든 결정한 것에 대한 책임은 고스란히 자기 몫이다. 그런데 이런 선택을 해야 할 때가 꼭 일에 대한 것만은 아니다. 뭘 배우는 것이든, 새롭게 시작하는 것이든, 누군가의 부탁에 대한 것이든 일상에 선택할 것들이 이렇게도 많았나 싶다.

내가 부모님께 결혼 허락을 받을 때 아빠께서 이런 말씀을 하셨다.
"네가 좋으면 하는 거여."
그때는 그 말이 좋으면서도 조금은 무심하게 들렸는데 지금 생각해보면 그 말씀이 여러 군데 적용이 된다. 내가 하려는 것이 좋은 건지 그렇지 않은지 스스로에게 물어보는 거다. 하는 일에 대해 고마움이 사라지거나, 선택하고 나서 걱정만 많아진다면 무얼 위해 하려는지 스스로 물어 봐야 하지 않을까?

할수 있을 만큼만
후회하지 않을 만큼만

선택할 자리에 놓여 있다는 것이 어쩔 때는 행복한 고민이
라고 생각할 때도 있지만, 자신에게 이런 질문을 해본다.

1. 하려고 하는 것에 만족해 하는가?
2. 선택하지 않을 때 후회가 남지 않을까?

삶을 이루어 가는 것들이 누군가에게 그럴 듯해 보이는 성
취가 아니라 일상의 만족이면 좋겠다고 생각하게 된다.
할 수 있을 만큼만, 후회가 남지 않을 만큼만 이렇게 마음
속에 저장해 놓고 살고 싶다.

괜찮아
여기까지 왔잖아

글씨를 써주려고 할 때 내가 자주 묻는 말이 있다.
"어떤 말을 생각하면 힘이 되세요?"
질문에 대한 답은 무척 다양했다. 바로 이야기 해주는 사람이 있는가 하면, 생각해 본 적이 없어서 한참 고민하다가 없다고 말하는 사람도 있고, 핸드폰으로 검색해서 이야기 해주는 사람도 있었다.

누군가가 내게 이 말을 적어달라고 하셨다. 사는 게 힘들어하는 동생이 있는데 애기해주고 싶은 말이 있다고 했다.

"괜찮아 여기까지 왔잖아."

문장을 듣자마자 마음이 참 편안해졌다.
'있는 그대로 자신을 인정하며 토닥여주는 마음이 이토록 좋은 거구나.'
사람들에게는 뭘 더 하라고 하던가, 그렇게 하지 않으면 안 된다는 말보다 자신에게 친절한 말이 이토록 필요하다는 생각이 들었다.

지쳐있는 내게 누군가가 '힘내.'라는 말을 하면 오히려 힘이 나지 않는다.

그래서 문장들을 누군가에게 써주게 될 때면 좋은 말이라고 다 기계적으로 쓰지 않고 다시 생각해본다.
'내가 이 말을 들으면 내 마음이 어떻지?'

손을 흔들면서 어서 가라고 등을 떠밀듯이 하는 말보다 잠시 머물다 갈 수 있도록 바라봐주는 말들이 이 세상에 더 필요하지 않을까?

충분히 네 마음 알 것 같아

아이들을 키우니 시도 때도 없이 이런 저런 이야기들을 듣는다.
"엄마, 언니가요 이랬어요, 저랬어요."
"엄마, 동생이 이랬어요, 저랬어요."
"엄마, 여기가 아파요."
"엄마, 내 마음이 이래요."

그럴 적마다 마음은 이렇게 반응한다.
공감해줄 것인가 버럭 화를 낼 것인가, 흘려들을 것인가.
때로는 화를 냈고, 어떤 때는 대충 들었지만 그러고 나면 꼭 후회를 하게 된다.
캘리그라피를 하고 난 후 마음으로 글씨를 쓰는 일을 한다며 자신 있게 말해 놓고,
글씨에 마음을 담을 것이 아니라 내 앞가림이라도 잘하자는 생각이 저절로 든다.
"그랬구나… 속상했겠다."
"네 마음 알 것 같아."
그렇게 이야기를 충분히 듣다 보면 저절로 공감하는 마음이 생겼다.
그러면 아이들은 자신의 마음을 알아주는 것만으로 좋아서 없던 셈 치며 툭툭 털어
내는 걸 봤다.

충분히
충분히 충분히
충분히 충분히
충분히 충분히
충분히 충분히
충분히 충분히
충분히
네 마음
알 것 같아
충분히
충분히
충분히
충분히 충분히
충분히
충
분
히
충
분
히 충분히
충분히
충분히

그런데 아이들만 그렇게 하소연을 하고 싶을 때가 있는 것은 아니었다.

나 역시도 이렇게 누군가가 내 마음을 알아줬으면 좋겠다고 생각하게 되는 때가 있다. 매번 다 말하지는 않지만 어떤 날은 무게감을 이기지 못하고 답답해서 말하고 싶은 날이 있다.

그때 나의 대상은 남편. '이랬어. 저랬어.'

별다른 걸 해주는 것이 아닌데도 들어주는 사람이 있다는 것만으로도 힘이 되었다.

"네 마음 알 것 같아."

나도 아이처럼 마음의 먼지들을 툭툭 털어내곤 했다.

지금도 충분히 잘하고 있어

전시회를 하면서 사람들의 마음을 듣고 싶었다.

'어떤 말이 사람들의 마음을 위로해주는 문장일까?'

인스타그램에 이 질문을 하고 사람들의 대답을 기다렸다.

그때 누군가가 이 말을 적어주셨다.

"괜찮아 너만 그런 게 아니야, 지금도 충분히 잘하고 있어."

상대의 마음인데도 괜스레 나에게 이야기 해주는 것처럼 다가왔다.

'잘하고 있는 것이 맞을까?'

'나만 이렇게 마음의 짐처럼 느껴지는 것들이 있는 것은 아닐까?'

그렇게 스스로의 생각들로 무거워질 때 "다 그렇게 살아가. 나도 그래….."

이렇게 이야기 해주는 것만 같았다.

동시에 떠오르는 문장이 있다면 이 말이다.

"잘했고, 잘하고 있어."

캘리그라피를 하면서 참 많은 사람들이 이 문구를 택하는 걸 보면서

인정받고 싶고, 격려 받고 싶은 마음들이 일상에 얼마나 필요한 지 간접적으로 느끼게 된다.

잘하지 못했어도 잘했다고 말해주는 말을 들으면 어떤 다행스러움이 마음 속으로

괜찮아
너만 그런게
아니야
지금도 충분히
잘하고
있어

스며든다. 먼저 이 말 자체로 힘을 얻었다면, 두 번째는 이런 마음이 아닐까?
이런 말을 해주는 사람이 곁에 있다는 따뜻함.

매일마다 걸어가는 발자국. 매일이 처음인 일상 속에서 이 말을 가까이 하고 싶다.
누군가에게 들으려고만 하지 말고 스스로에게도 이 말을 자주 해준다면
한 걸음 한 걸음이 훨씬 가볍지 않을까?

작은 성취가 모이면
자신감이 된다

〈책 읽어주는 남자〉라는 SNS채널로 알려진 전승환 작가의 책들을 읽다가 그분의 인터뷰 글을 찾아 읽어본 적이 있다. 2020년 당시 회사원이면서 50만 부의 베스트셀러의 저자이고, 130만 명의 구독자에게 좋은 글을 소개하고 있다는데 그 시작이 이랬다고 한다.

어느 날 SBS 힐링캠프에서 차인표씨가 나온 방송을 보다가 하루에 1,500개의 팔굽혀 펴기를 어떻게 하냐고 묻는 진행자의 질문에 "1개부터 시작하면 됩니다."라는 대답을 듣게 되었다는 거다.
자신은 퇴근하면 TV를 보거나 인터넷을 하거나 야식을 먹고, 다음 날 허겁지겁 출근하는데 그 방송을 본 이후 온전히 자신만의 시간을 가져야겠다는 생각을 하게 되었다고 했다. 그래서 2012년 페이스북에 〈책 읽어주는 남자〉라는 것을 만들어 책을 읽고 난 후 좋았던 글을 꾸준히 올리기 시작한 뒤로 구독자가 생기고 이제 자신의 이야기를 쓰기 시작했다고 했다.

전승환 작가는 차인표라는 배우의 말에 마음이 움직였다는데 나는 이 두 분의 이야기에서 이렇게 마음이 꿈틀거렸다.
'일상 속에서 내가 할 수 있는 작은 것들부터 시작하자.'

거창한 계획에 번번이 좌절하는 대신,
소박한 성취들을 모아가자.
뭐라도 할 수 있는 자신감이 쌓이고, 꾸준하게 이어가는 동력이 될테니까.

'혹시 모르지 않나, 전승환 작가처럼 베스트셀러 작가가 될지,
아니면 차인표 씨처럼 멋지게 인터뷰를 할 수 있는 날이 올지도!'

작은 성취가
모이면
자신감이
된다

나는 항상 네 편이야

전시회가 있어서 친구가 찾아왔다.

스무 살에 만난 친구는 어느덧 마흔이 훌쩍 지나 아이 둘의 아빠가 됐다.

전시회에 썼던 문장들을 설명해주다가 친구에게 물어봤다.

"너는 어떤 말을 들으면 힘이 나?"

뜬금없는 질문에 선뜻 떠오르는 말이 없었는지 데리고 온 아이들에게 되묻는다.

다른 이야기들을 나누다가 이번에는 다른 질문을 하게 됐다.

"그럼 네가 아내에게 해주고 싶은 말은 있어?"

이 질문을 듣자마자 친구는 망설임 없이 이야기를 해준다.

"나는 언제나 당신 편입니다."

아내가 직장에서 맡은 일도 많고 집에 돌아오면 아이들을 챙겨주느라 많이 지쳐있다는 말에 글을 써주고 싶었다. 적어주니 무척 좋아했다.

나는 글씨를 써줄 적마다 이렇게 누군가를 향한 '편의 마음'을 적을 때가 많다.

나도 덩달아 힘이 난다. "네 편, 내 편, 우리 편."

세상에 누군가가 마음 가까이 편이 되어준다는 것이 얼마나 고마운 일일까.

어렸을 때는 편이라는 단어가 편가르기로 생각되어 좁고 인색한 마음이라 생각했는데 '편'의 마음이 다른 의미에서 이제는 훨씬 넓게 다가오는 기분이 든다.

걱정해주고, 든든하게 바라봐주는 마음으로.

되고 싶은 나를 찾는 방법

"학교에 가기 싫어요."

"대학에는 꼭 가야 하나요?"

"하고 싶은 것이 없어요."

고등학교 수업으로 몇 해 갔던 곳에서 들었던 말들이다.

이렇게 자신의 마음을 몰라서 힘들어 하는 학생들도 있었지만 거꾸로 하고 싶은 것이 명확한 학생들도 참 많았다.

노래 부르는 것을 좋아해서 보컬이 되겠다는 학생

사람들을 웃기는 것을 좋아해서 개그맨이 되겠다는 학생

강아지를 좋아해서 애견 미용실을 하겠다는 학생

사촌 동생이 다쳐서 응급처치를 해주었는데 나중에 의사 선생님의 칭찬을 듣고 간호사가 되겠다고 결심한 학생

키가 커서 모델이 되고 싶다는 학생

인기 있는 유튜버가 되고 싶어하는 학생

웹 소설을 쓰고 있어서 작가가 되고 싶다는 학생

들을수록 다양했다.

서로 다른 꿈의 온도를 지니고 있는 학생들,

좋아하는것
잘하는것
사이에
되고싶은내가
있다

나에겐 이미 지나간 시간들이지만 그 눈빛을 보니 충분히 이해가 됐다.
유독 학생 시절에는 꿈과 장래희망이
왜 그렇게 인생에서 큰 질문처럼 다가왔던 것일까?
빈 공간으로 남겨놓으면 안될 것 같은 마음에 뭐라도 적었던 그때.
많이 들어봤던 직업, 사람들이 좋다고 말하는 안정적인 직업,
돈 잘버는 직업, 부모님이 바라시는 직업.
학창시절 나의 장래희망은 그렇게 쓰여졌다.
쓰지 않으면 미래에 아무것도 아닌 사람이 될까봐 두려웠다.

점점 나이 들어가면서 그런 생각을 하게 된다.
명사형 꿈의 이름보다도 동사, 형용사, 부사가 섞인 일상의 바람이 담긴 꿈으로 변
해 간다는 거다.

즐기면서 글씨 쓰는 사람,
마음에 가깝게 다가갈 수 있는 글을 쓰는 사람,
사람들에게 좋은 무언가를 전달해줄 수 있는 사람.

나중에 내 모습에 대한 목표보다 하루하루에 집중하면서

일상도 일도 가정도 조화를 이루어 갔으면 좋겠다고 생각한다.
나중이라는 것은 그저 지금의 나의 모습들이 이어져서 만들어지는 것이지 않나.

다만, 지금 하고 싶은 것이 없다는 학생들을 생각하면
공백으로 두어도 괜찮다는 생각을 한다.
공백으로 두는 게 자신을 조금 더 잘 알 수 있는 상태가 아닐까. 적당히 적어놓고
그것에 맞춰서 살아가는 것보다.

그런 생각을 한 적이 있었다.
글 쓰는 것을 고등학교 시절부터 했다면
지금쯤이면 얼마나 잘 쓰고 있었을까?
그때 캘리그라피라는 것을 미리 했다면
지금은 어떤 글씨의 깊이를 느끼고 있었을까?
둘다 부질없는 생각이다.

그때 내게는 글도 글씨도 전혀 보이지 않았으니까.
때론 오랜 시간 공들여서 간 길이 나의 길이 아닌 것 같다는 느낌을 받을 수도 있다.
여전히 자신의 마음을 모를 수도 있다.

그렇지만 어떤 시행착오를 겪더라도 그것 또한 모두 자신의 삶이고
그때의 최선이었음을 알게 됐다.

학생들과 수업할 적마다 조금 더 알고 싶어서
첫 시간에 마음을 적어보라고 준 종이를 아직도 가지고 있다.
"좋아하는 것, 잘 하는 것."
되고 싶은 것은 못 적었어도 위에 질문에는 다 대답했던 학생들.
여기에 자신의 무언가가 숨어져 있다고 생각해 보면 어떨까?

글까지는 아니어도 쓰는 것이 좋았던 나의 기질을 떠올려보면
오랜 시간들이 흐르고 흘러, 지금이 어떤 '때'를 만난 것처럼 느껴졌다.
좋아하는 것, 잘 하는 것 속에
되고 싶은 내가 있었던 것은 아닐까 불현듯 스쳐간다.

퇴근하세요

회사에서 아침 저녁으로 출근 전, 퇴근 후 캘리그라피 수업을 한 적이 있었다.
직장인들에게 글씨는 어떤 의미일까? 어떤 문장을 쓰고 싶어할까? 궁금했다.
"예쁜 글씨를 쓰고 싶어서, 악필이어서."
이 말을 하는 사람들이 눈에 띄게 많았다.
출근 전이니 좀더 자고 싶기도 하고, 퇴근 후면 얼른 집으로 가서 쉬고 싶을 텐데
취미를 찾아오시는 분들이 대단해 보였다.

글씨를 쓰면서 집중하는 사람들, 어떤 말을 쓰고 있을까 보는데 이 말이 눈에 들어
왔다.
"퇴근하세요."
보자마자 한참을 웃었다. 이토록 솔직한 마음이라니. 다양한 사람들을 만나서 많은
문장들을 봐왔지만 직장인의 마음이 고스란히 담긴 문장이어서 지금도 생각난다.

듣고 싶은 말, 해주고 싶은 말,
그런 말들로 자신의 마음을 쓰는 사람들.
생일 때마다 부서 사람들에게 편지를 써준다는 팀장님이 고마워서
선물을 드리고 싶다는 분.
연애를 시작한 지 얼마 안됐는데 정성이 담긴 선물을 주고 싶다는 분.

친구를 생각하면서 쓰는 분.
이렇게 직장인의 마음을 그대로 표현하는 분.

마음을 기울일 때 자신도 몰랐던 마음들이 세상에 나오는 것 같다.
누군가를 돌아보고 자신을 바라보고 표현하고 싶은 마음은
어쩌면 이토록 가슴에 와닿고 아름다울까.

이 또한 지나가리라

사람들에게 글씨를 써준 문장들 중에서 많이 보았던 말이 있다.

"이 또한 지나가리라."

몇 글자 안 되는데 이 말의 값어치는 생각보다 무척 컸다. 보통은 좋은 일이 있을 때 이 말을 떠올리기보다, 힘든 일을 겪고 있을 때 생각하곤 하는데 곧 좋아질 거라는 바람이 담겨 있다.

항상 꽃길만 걷고 싶고 매일 행복만 있었으면 좋겠다고 생각하지만 삶은 꼭 그렇지가 않다. 병, 슬픔, 아픔, 고통, 죽음. 말하는 것조차 무거워지는 이 단어들, 살아가다가 마주치게 될 때 몹시 피하고 싶고 당황스럽다. 어떻게 해야 할지 모르는 마음들, 견디는 방법을 알고 있다면 얼마나 좋을까.

비가 올 듯 말 듯 할 때 우산 하나를 챙기면 그 날 하루 걱정이 없는 것처럼 마음에도 우산 같은 다짐들을 가지고 다니면 좀 나을까 싶다.

소나기에 온몸이 홀딱 젖지 않도록….

슬픔이
그대의
삶을 밀려와
마음을
흔들고
소중한것을
쓸어가 버릴때면
그대가슴에 대고
말하라

이것 또한
지나가리라

랜터 윌슨 스미스 글

옷 입는 것처럼 나는 매일 힘입는다

오은 시인의 특강을 들으러 간 적이 있었다.

"나를 향한 시 쓰기"라는 제목이었다.

글을 쓸 때 어떻게 영감을 받는지 어떤 독자가 질문하자 이렇게 대답해 주었다.

시심이란 어떤 일이 일어났을 때 궁금해하는 것, 즉 호기심으로부터 시작된다는 이야기였다. 거기에 글은 "엉덩이와 마감으로 쓰는 것"이라는 말이 아직도 기억에 남는다. 그때는 그 말들과 전혀 관련 없는 삶을 살고 있다고 생각했는데 이제는 그 말이 오롯이 와닿는 시간을 보내고 있다.

그때 이후로 시인의 글을 찾아 읽다가 이런 문장을 읽었다.

"옷 입는 것처럼 매일 힘입는다."

'어떻게 이런 생각을 할 수 있을까?' 내심 반하면서 수업 시간에 샘플 글씨로 써놓곤 했다. 수업을 들으시는 분들이 보기만 해도 힘이 난다며 꼭 사진을 찍어가셨다. 다들 나와 같은 마음이었다.

생각해보면 힘에 대한 말들을 참 많이 한다. 힘을 내라고도 하고, 힘을 빼라고도 하고, 힘이 빠진다고도 하고, 힘이 난다고도 한다. 삶이 곧 힘으로 살아간다고 해도 과언이 아닐 만큼 삶과 힘은 밀접한 것 같다. 보이지 않는 힘을 어떻게 자유자재

옷 입는 것처럼 나는 매일 힘 입는다

오은 산문집 〈다독임〉 (난다, 2020)

로 움직일까 싶을 정도다.

생각해보면 이 모든 말들이 내게 와닿는 순간들이 있었다. 오은 시인의 마음을 빌려 생각해보면 힘이라는 것이 마치 새싹처럼 쭉쭉 자라나면 얼마나 좋을까 생각 하게 된다.

옷장을 열면 많은 옷들이 꽉 채워져 있다. 옷들이 힘이라고 생각하니 힘이 그득 있는 것만 같다. 거기다 하나하나에 이름을 붙여주고 싶어진다. 매일 필요한 힘의 옷들을 골라서 입는 상상을 해보게 된다.

일할 때는 일하고 쉴 때는 쉬는 것

아이들이 일주일 중 가장 기다리는 날이 있다. 바로 금요일이다. 이 날은 아이들에게 자유를 주는 날인데, 자신들이 하고 싶은 것을 해도 된다는 허락을 해줬다. 잠을 늦게 자도 상관없고, 하고 싶은 것을 다 하다 자도 괜찮은 날이다. 아이들은 이때 자신들이 좋아하는 영화 한 편씩을 보다 잠이 든다. 좋아하는 과자를 먹으면서 보는 영화 한 편에 얼마나 행복해하던지 보는 나도 덩달아 행복해지곤 한다.

이 루틴을 만든 이유는 아이들이 점점 크면 클수록 해야 할 것들이 많아졌기 때문이다. 학교 숙제든, 학원 숙제든, 일상에 해야 할 것들을 하면서 지쳐가는 아이들을 보고 있으니 좋아하는 것을 하는 날도 만들어주면 좋겠다고 생각했다. 그런데 이런 시간을 만들어준 나는 정작 그렇게 살지 못한다는 생각이 들었다. 눈을 돌리면 해야 할 일이 자꾸만 눈에 보인다. 나를 쉬게 하는 데는 몹시 인색한 사람이 되고 말았다.

라디오를 듣다가 제주도 돌담에 대한 이야기를 들었다. 쓰러질 것 같은 돌담들이 비, 바람에도 무너지지 않고 버틸 수 있는 것은 돌과 돌 사이에 틈이 있어서라는 이야기였다. 돌이 바람막이가 아니라 바람의 통로가 되어준다. 나의 일상에도 바람이 지나갈 통로를 만들어야겠다는 생각이 들었다. 아이들처럼 놀아야지 해도 잘 되지 않으니 시간을 정해 무조건 나가기로 마음을 먹었다. 아침에 일어나면 산책을 나가

일상의 바람이
통할수 있도록

일 할 때는 일 하고
쉴 때는 쉬는 것

기로 한다거나, 토요일은 가고 싶은 곳을 가는 날로 정한다거나 그렇게.

갑자기 궁금해서 제주도 돌담을 쌓는 방법을 영상으로 찾아 봤다. 그랬더니 10년
동안 일한 석공께서 이런 말씀을 하셨다.
"사이사이 구멍이 생기면 작은 돌들이 끼워져야만 돌 자체가 튼튼해요. 돌 하나를
잘못 받쳐버리면 전체적으로 흔들려요."
돌을 쌓는 것도 중요하지만 그 돌들을 튼튼하게 만들어주는 것도 못지 않게 중요하
다는 생각이 들었다. 나의 삶에서 바람의 통로가 일상의 휴식이라고 한다면, 일상
을 튼튼하게 쌓는 방법은 몸을 지탱해주는 체력이겠구나 싶었다.

아이들이 누리는 자유데이.
제주도 돌담이 쓰러지지 않는 이유.
이것을 지나 내게 건너온 결론은 일할 때는 일하고 쉴 때는 쉬는 것, 지극히 보통의
말이 진리처럼 다가왔다.

왜 쓰려고 하세요

"왜 쓰려고 하세요?"
"기록한 것을 다른 누군가가 보면 도움이 될 거 같아요."
작가님이 다음 대답할 사람을 눈으로 찾는 순간 나도 모르게 고개를 푹 숙였다.
그 질문에 왜 고개를 숙였을까?
여행학교 3주가 지나갔던 때였다.
칠판에는 "여행 에세이 쓰기"가 굵게 적혀 있었다.
첫 시간에는 사진을 어떻게 하면 잘 담는지 알려주시는 분이 오셨고, 다음에는 감성적인 에세이가 되는 방법을 알려주시는 분이 오셨다.

시를 쓰고 싶다면서 시를 읽지 않으면 안 되고, 에세이를 쓰고 싶다면서 에세이를 읽지 않으면 쓸 수 없다는 이야기에 귀가 쏠렸다.
많이 읽고(다독), 많이 생각하며(다상량), 많이 써보라(다작).

강의를 듣는 내내 새로운 걸 배우는 것도 좋았지만 쓰는 사람의 표정, 생각, 말에 집중하게 됐다. 서른 명의 여행학교 교육생들에게 제일 먼저 질문한 건 "왜 쓰려고 하세요?"였다. 그리고 말끝에 흐릿하게 "다 부질없어요."라는 얘기가 들렸다.

이미 책을 여러 권 내신 분의 말 속에서 알 수 없는 허무함이 스쳤다. 그렇지만 다

과일이 자신의 시간을 보내고
맛있는 맛을 내듯
삶의 언어들도 점점
무르익어갈 거라고 생각한다

살아있으니
살아있는 마음들을
쓸수밖에없는것이다

음 실습여행에 동행하게 되면 내가 이해하지 못한 무언가가 있을 것 같아서 그 말에 대한 사족을 꼭 듣고 싶었다.

두 번째로 가볍게 던지듯이 하신 말은 이것이었다.
"글은 노가다예요."
나는 그분의 처음과 두 번째 말에서 내가 생각한 작가의 기쁨과 보람을 찾을 수 없는 것 같아 기운이 빠졌다. 그렇게 마음이 기울어지는 순간, 머릿속에 번쩍하는 다음 말들이 기다리고 있었다.

"글은 생각나는 대로 적는다고 하지만, 수없이 많이 생각해야 적을 수 있어요."
"작가는 평범한 일상을 흘려버리지 않는 사람입니다."
"기적 같은 일이 지나가고 있지 않나요."
"특별한 일은 모두에게 일어나지 않아요. 늘 생각해야 합니다."

그 말들을 듣는 순간 이전에 들었던 작가님의 말들은 증발하고, 쓰는 싶은 마음들이 커다란 파동이 되어 다가왔다.
나는 그즈음 깊은 슬픔 속에 잠겨 있었다. 두 달 전만 해도 손을 잡고 마음을 나누던 분이 돌아가셨다는 소식에 속울음이 새어 나오던 때였다.
그런데 그 날 들었던 말들이 일상 속 나의 마음에게 속삭이듯 다가왔다. 나의 의지와 상관없이 일어나는 일들에 대해 무언가를 써야 할 것만 같았다.

그럴 때 쓴다는 건 가혹하다. 아니 안 쓰면 그만이다. 그렇게 마음속으로 쓸지 말지 걸러내다가도 여전히 목끝에 걸려있는 말들은 적어야겠다고 생각했다.

'왜 쓰려고 하는가?'

스스로 물어봐야 할 질문에 다시금 멍해진다. 뭐라고 대답할지 찾느라.
그런데 답은 나와 있었다. 이미 난 매일의 일상을 살고 있지 않는가?
살아가는 일상 속에서 줄다리기하는 마음들.
평범한 일상 속에서 순간의 마음들이 점점 가득 차오른다.
살아있으니 살아있는 마음들을 쓸 수밖에 없는 것이다.

제철 과일을 맛보다가 감탄을 쏟아낼 때가 있었다.
'어쩜 이렇게 맛있는 거지?'
그 과일이 어찌 잠깐의 시간만으로 맛을 냈다고 생각할까.
내가 살아가는 삶의 언어들도 점점 무르익어갈 거라고 생각하고 싶다.
쓰는 일의 질문 앞에서 쭈뼛거리지 않고 나의 말을 꺼내고 싶다.
떫지 않고 알맞게 익어서 한 입에 넣자마자 사르르 녹는 그 맛을 지닌 말들을.

다정하고 따뜻한 마음이 필요해

편지

유난히 편지라는 단어를 좋아한다. 그래서인지
〈윤도현의 가을 우체국 앞에서〉
〈나미야 잡화점의 기적〉
〈러브 레터〉
이렇게 편지와 관련된 노래나 영화도 자연스럽게
좋아하게 됐다. 왜 그렇게 내게 특별했던 것일까.
생각해보면 편지를 통해 받은 마음들이 많아서라
는 생각이 들었다.

편지 이야기하면 항상 빠지지 않고 등장하는 사람
이 있다. 고등학교 1학년 때 교생 선생님의 이야
기부터 시작한다. 실습을 마치고 선생님이 가시던
날, 반 전체 학생들에게 편지를 적어주셨던 걸로
기억한다. 그때 받은 엽서를 이십 대 중반 즈음 다
시 열어 보게 되었는데 그 마음을 잊을 수가 없었
다. 오래된 과거가 현재를 향해 고스란히 살아난
것처럼 다가왔다. 처음 오시던 날 학생들에게 좌우
명을 적어 달라고 하셨는데, 편지에 내가 적은 좌

우명에 관한 이야기가 있었다. 나의 무언가를 기억해주는 선생님이 무척 감사했다. 잠시 왔다 가셨지만 편지는 내내 가슴에 남았다.

편지에 대한 이야기는 그 뿐이 아니다. 대학 때 타지에서 지내게 됐는데 어느 날 기숙사로 언니가 편지를 보냈다. 너무 궁금해서 수업 시간에 잠깐 펼쳐 읽는다는 것이 눈물을 참을 수 없어서 왈칵 쏟아내었다. 눈물의 의미는 어떤 뭉클함이었다. 늘 옆에서 붙어있었던 자매였는데도 편지 속의 말은 다르게 다가왔다.
받은 편지들을 하나하나 열거하기 어렵지만 그 동안 모아놓은 편지들이 무척 많아졌다. 가족들, 친구들, 학생들, 수강생, 결혼하니까 남편과 아이들에게서, 멀리 일본에서 편지를 보내주시는 분도 계신다. 마음에 사랑이 고갈되어 버렸을 때 이 편지들을 생각하면 코끝이 찡해진다.

거꾸로 내가 보낸 편지들도 참 많았다. 지금 생각하면 너무 웃긴 이야기지만 중학교 시절 어버이날에 의무적으로 부모님께 편지를 쓰라고 한 적이 있었다. 쓰긴 썼는데 너무 쑥스러워서 우체통을 하염없이 확인하다가 집에 날아온 편지를 내가 다시 가져간 것도 기억난다. 이후 대학 때 타지에서 처음으로 편지를 써서 보낸 적이 있었는데 그 동안 하고 싶었던 말들을 전하니 얼마나 좋았나 모른다. 부모님께서도 참 좋아하셨던 그 날이 생각난다.

전하기 어려웠던 마음을 글로 써서 전할 수 있다는
것, 편지를 쓰며 오로지 한 사람을 생각한다는 것,
편지가 우체통에 '통'하고 떨어지는 소리. 편지를
써본 사람만이 느끼는 설렘이 아닐까?

하나하나 따뜻한 기억들을 모아 놓은 편지 같은 사
람이 되고 싶었다. 날개가 달린 것처럼 어디든지
자유롭게 날아서 온기의 여운들을 전해줄 수 있으
면 얼마나 좋을까 생각하게 된다.

어떤 날은 우체통에 돈 내라는 고지서만 잔뜩 들어
있어 실망감도 있지만, 이름이 담백하게 적힌 편지
와 우편물이 들어있을 적이면 아늑한 마음이 다시
찰랑찰랑 차오른다. 꾹꾹 눌러쓴 편지 속 손글씨를
보고 있으면 그 사람이 보인다. 역시 마음을 움직
이는 건 표현하는 진심이란걸 느끼게 된다.

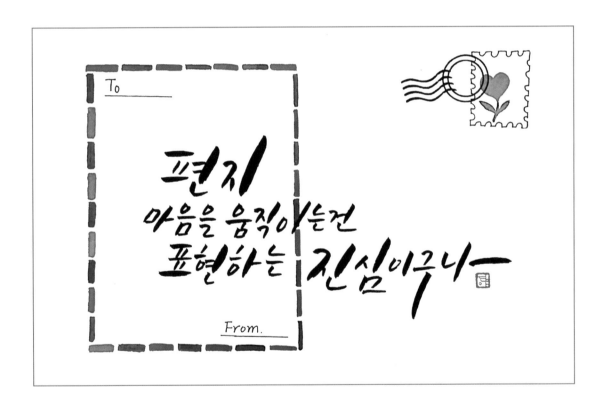

To _____

편지
마음을 움직이는건
표현하는 진심이구나

From. _____

예쁘다. 사랑스럽다.
너도 그렇다

사람들에게 사랑 받는 시가 있다. 나태주 시인의 〈풀꽃〉이다.

자세히 보아야 예쁘다
오래 보아야 사랑스럽다
너도 그렇다

나태주 시인이 교장 선생님으로 계실 때 뺀질뺀질하게 말을 듣지 않는 아이들이 있었단다. 어떻게 하면 예쁘지 않은 아이들을 예쁘게 볼까 생각하다가 한 명 한 명 자세히 보니 예쁘지 않은 아이들이 없었다며 이 시의 배경을 이야기해 주었다. 읽고만 있어도 사랑을 받는 것처럼 느껴지는 시에 이런 배경이 있었다니, 사랑도 노력이 필요한 것이구나 하는 생각이 들었다. 나태주 시인의 인터뷰에서 어떤 분이 이런 질문을 건넸다.

"왜 사람들이 〈풀꽃〉 시를 좋아할까요?" 그러자 시인은 이렇게 대답을 했다.
"너도 그렇다. 이 말이 있어서 그래요. 만약에 나만 그렇다 그랬으면 이 시는 사랑받지 못했을 거예요."
간단한 시 몇 줄 속에 나도 있고 너도 있고 누군가를 예쁘게 보고 싶은 마음까지 다들어있다니 말은 이다지도 모든 것을 품을 수 있을 만큼 큰 그릇이라는 걸 알게 된다.

자세히
보아야
예쁘다
오래보아야
사랑스럽다
너도
그렇다

풀꽃, 나태주

사랑은 내 시간을 기꺼이 건네주는 것이다

허리 통증으로 고생하시던 아빠가 못 견디게 아프셨는지 치료를 위해 입원하셨다. 10년 전 병원 신세를 진 것도 허리 때문이었는데 다시 가셔야 했다. 다행히 치료가 잘 되어 며칠 입원 후 퇴원을 하실 수 있게 됐다. 별로 해드리는 것도 없었지만 옆에 있고 싶었다. 아빠가 듣는 트로트를 열심히 듣고 아빠가 보는 프로그램들을 같이 봤다. 언제 이렇게 멍하니 아빠가 하는 것들을 같이 했었나 하는 생각이 들었다. 걷는다고 일어서실 때도, 손을 닦으실 때도, 양치질을 하실 때도, 누우실 때도 졸졸 따라 다녔다.

다음 날 라디오를 듣는데 이런 말들이 흘러나왔다.
"살다 보면 부모와 자식의 역할이 일정 부분 뒤바뀌는 순간이 찾아옵니다."

이기주 작가의 책 내용이라고 했다. 이 말이 점점 와닿는 것을 보니 나도 나이 들어감이 느껴진다. 그렇게 생각하다가도 집으로 돌아와 아이들을 챙기다 보면 다시 내 삶에 몰입하게 된다. 내가 하는 일, 발등에 떨어진 일상의 크고 작은 일, 아이들의 일거수일투족에 마음이 따라간다. 내리사랑이라는 말이 어떤 말인지 이해가 되는 것을 보면 부모님께 죄송한 마음도 들었다.

사랑은
내 시간을
기꺼이
건네 주는것이다

이기주 <사랑은 내 시간을 기꺼이 건네주는 것이다>(황소북스, 2020)

라디오에서 또 다른 말이 들렸다.
"사랑은 내 시간을 기꺼이 건네주는 것이에요."

부모가 되기도 하고 자녀가 되기도 하고 그 사이에서 마음이 왔다갔다하는 나에게
이렇게 다가왔다.
'같이 보내는 시간을 일부로라도 만들며 지내자.'

시간을 같이 보내는 것이 뭐가 중요할까 싶지만, 누군가 내가 힘들 때나 내가 생각
나서 함께 해주는 시간들을 생각하면 이 말이 어떤 말인지 충분히 이해가 되었다.

이름을
불러준다는 것

오래도록 듣던 라디오가 있었다. 지금은 슬프게도 방송사가 폐업해서 사라진 경기방송 라디오였다. 그 중에서 〈지화진의 음악풍경〉이라는 프로그램은 내게 참 특별했다. 나는 그 방송을 거의 매일 듣는 단골 청취자였다.

라디오는 듣기만 하는 것이라 생각하다가 어느 날 처음으로 듣고 싶은 노래를 적어서 보낸 적이 있었다. 신청한 노래가 나오려나 떨리는 마음으로 기다렸는데 나의 이름 석자가 나오는게 아닌가. 방금 전까지 내가 썼던 글을 누군가가 읽어준다니 몹시 부끄러우면서도 가슴이 두근두근했다.
남자 같은 내 이름을 자꾸 듣다 보니 나와 친해진 기분이 들었다. 이름보다 누구 엄마로 불려지거나, 직업적 호칭으로 불려졌는데, 그동안 잊고 있던 내 이름을 듣는 것만으로도 참 행복했다.

잊혀진 나를 되찾아 주는 것만 같은 이름 불러주기.
하나의 존재로 인정받는 마음이 누군가로부터 전달되었다.

그런 생각들을 하게 된 이후로 수업을 하거나 사람들을 만나게 되면 제일 먼저 이름을 외워야겠다고 마음을 먹었다.
이제는 내가 누군가의 이름을 불러주고 싶어졌다.

신기하게도 이름을 기억하지 못하고 대할 때보다 이름을 불러주며 대하면 적당히 머물다 온 것이 아니라 오롯이 상대방을 대하고 온 것 같았다.
어떤 문장을 쓰고 있었는지, 어떤 마음이 그 안에 담겨 있는지 한 사람의 이름 속에 이야기들로 같이 저장되었다.

그때의 라디오는 역사 속으로 사라졌지만 나의 일상에는 여전히 라디오 속에서 받았던 감동들이 잔잔하게 이어져가고 있다.

이름을 불러준다는것

오롯이

누군가를 대해 주는것

셀프 칭찬, 잘하고 있어

양희은, 서경석의 여성시대를 듣다가 하루 종일 생각난 이야기가 있다. 코로나가 장기화되자 평정심을 유지하던 사람들도 지쳐서 불쑥불쑥 화가 날 때가 있다고 한다. 그럴 때 자신을 위해서 "셀프 칭찬"을 해보자는 이야기였다.
곧 문자 사연들이 방송으로 소개됐다. 누군가는 자녀에게서 "해준 것이 뭐가 있냐?"라는 말을 듣고 속상했지만 애쓴 자신을 토닥여주는 칭찬을 했다. 누군가는 퇴직한 후 가게를 시작했는데 코로나가 겹치는 바람에 힘들지만 그럼에도 이겨나가고 있는 자신을 칭찬했다.
여러 사연들에는 공통점들이 있었다.
"잘하고 있어. 참 잘하고 있다. 잘하고 있구나." 이런 말들이었다.

스스로를 칭찬하는 사연을 들으니 자신에게 친절한 말은 하면 할수록 마음을 굳세게 해준다는 생각이 들었다. 그 말을 같이 듣고 있자니 내게도 포근한 위로로 다가왔다.

내게 칭찬을 해준다면 나는 무슨 말을 해주고 싶을까?
'글 쓰는 것이 어렵지만 잘 하고 있어. 아니 잘하지 않아도 괜찮아.'

셀프칭찬
잘하고 있어

곧 바뀔 거야, 좋게

"딸이 사춘기인가봐요. 말을 안해요."
한숨을 쉬며 하시는 말에 엄마의 속타는 심정이 느껴졌다.
"엄마가 이렇게 고민하며 글씨를 쓰고 있다는 것을 알아요?"
"아유, 모르죠. 지나가겠죠?"
"책을 보다가 본 문장이었는데 와닿았어요."

이런 이야기를 하시면서 내가 소개한 문장을 여러 번 적으셨다.
한 문장에 담긴 마음이 고스란히 느껴지는 것만 같았다. 나는 아직 아이들이 사춘
기를 지나고 있지 않지만 막상 마주한다면 어떨까 하는 생각이 들었다.
너도 나도 겪는 사춘기지만 그때가 오면 조용히 지나가기를 바라는 마음이었다. 이
런 마음을 토로하는 엄마들을 만난 것이 처음이 아니었다. 자녀의 사춘기로 마음앓
이를 하는 부모들이 얼마나 많을까.
유년기에 자녀와 시간을 제법 많이 보내고 여행도 하면서 좋은 추억들을 많이 보냈
음에도 사춘기를 지나는 아이가 한없이 낯설고 벽처럼 느껴진다는 말에 겁도 난다.
이 말대로 좋게 바뀌기를, 이 말 없이도 사춘기가 지나가기를 바라고 바란다.
제발.

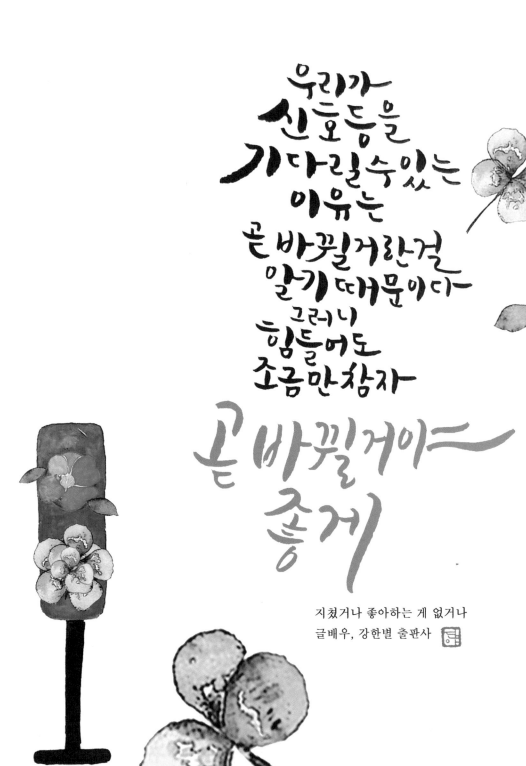

우리가
신호등을
기다릴수있는
이유는
곧 바뀔거란걸
알기 때문이다
그러니
힘들어도
조금만참자
곧 바뀔거야~
좋게

지쳤거나 좋아하는 게 없거나
글배우, 강한별 출판사

괜찮아 그럴 수도 있지 뭐

지인과 이야기를 나누다가 알게 됐다.

"남편과 결혼해야지 마음 먹었던 이유가 있었어요. 무언가를 할 적마다 뭐든 완벽하게 하려다보니 몸과 마음에 힘이 많이 들어갔어요. 하기도 전에 스스로 지쳐버렸는데 그때 이 말을 해주는 거예요. '괜찮아 그럴 수도 있지 뭐.' 그 말을 듣는데 이런 남자라면 나답게 살 수 있겠다. 이 남자와 결혼해야겠다는 생각이 들었어요."

이야기를 듣고 무척 놀랐다. 말 한마디가 결혼을 결정할 만큼 큰 힘을 발휘하는구나 하는 생각이었다. 물론 어떤 유대감 없이 이 말만으로 결정하지 않았다는 것을 안다. 그런데도 이 말 한마디는 부부의 인연을 이을 만큼 대단한 능력을 가지고 있다. 나 또한 남편이 보낸 메일을 보고 결혼을 결심한 것을 보면, 말 한마디로 인생의 역사가 달라질 수 있겠다는 생각이 든다.

존중받는 마음이 들기도 하고, 사랑받는 마음이 들기도 하고, 편안함을 느끼기도 하고, 용기를 얻기도 하고, 결심도 하게 되는 문장들을 이렇게 가까이에서 볼 수 있다는 것은 그야말로 축복이다.

새우잠을 자더라도
고래꿈을 꾸어라

나의 꿈 변천사를 이야기해보겠다. 그 지점은 대학 시절부터 시작된다.

세무사(수능 점수에 맞춰서 최선의 선택)
세무공무원(부모님 바람)
한때는 승무원(신체적 조건으로 포기)
전공을 살려서 취직(직장 다니며 적성에 맞지 않아서 포기)
결혼
현모양처
아이들을 잘 키우기
캘리그리피 자격증 따기
캘리그라피로 무언가를 할 수 있는 사람이 되기
글 쓰는 사람 되기

꿈이라는 글자 안에 스쳐간 바람들도 포함된다면 이렇게 적어보겠다. 이루어진 것도 있고 누가 알까봐 부끄러운 마음들도 있지만 꼭 이루어져야 행복하다고 생각하지는 않는다.

책을 쓰게 된 이후 또 다른 바람이 생겼다.

새우잠을 자더라도
고래꿈을 꾸어라~

내 책이 베스트셀러가 되었으면 좋겠고, 평소에 자주 보는 오은, 김하나 작가의 〈책읽아웃〉에 나가서 인터뷰를 할 수 있는 날이 왔으면 좋겠다는 생각을 한다. 신논현역 교보문고에 가면 커다란 간판에 작가들의 얼굴이 걸려 있다. 내 얼굴도 저기에 담기는 날이 있었으면 좋겠다고 생각한다. 이것 또한 스쳐갔던 바람들이 지만 그렇지 않다고 해서 꿈이 이루어지지 않았다고 생각하지는 않을 것 같다.

고래꿈을 떠올리며 덥석덥석 집듯이 생각했던 나의 바람들. 이 모든 것들이 완벽한 고래꿈일까? 여기에 적은 것들이 그대로 이루어지면 꿈이 이루어졌다고 정말 행복하게 말할 수 있을까?

마감을 앞두고 지금 쓰고 있는 글을 홀가분하게 마무리 짓는 것. 이것이 끝나면 아이들과 약속한 데이트를 즐기는 것. 책이 나오면 엄마 아빠께 달려가서 보여 드리고 싶은 것. 한 사람이라도 이 책을 보고 위로가 되었다고 말해준다면 얼마나 좋을까.

그것이 아주 현실적인 고래꿈이다.

다정한 날들이
따뜻한 힘을 발휘할 거야

자신있게 만드는 요리 메뉴가 있다. 김밥이다.

대단한 요리 비법이 들어가서 하는 말이 아니라 자주 말아서 자신 있다는 말이다.
아이들이 유치원이나 학교에서 소풍 갈 적마다 싸주던 김밥이었는데 코로나 이후
로 김밥 쌀 일이 사라졌다. 아이들은 제일 아쉬운 것이 소풍을 가지 못해 엄마가 싸
주는 김밥을 못 먹는 것이라고 했다. 그 말이 생각나 매주 일요일 아침을 김밥데이
로 만들었다. 아이들도 나도 무척 좋았다.

"소풍 가면 친구들이 엄마 김밥이 맛있대요. 바꿔먹자는 친구들이 많았어요." 아이
들은 뿌듯한 마음으로 연신 맛있게 집어 먹었다.

김밥을 맛있게 만드는 비법이 뭘까 생각해보면, 친정에서 주신 참기름이 요술방망
이 역할을 하는 것 같다. 무엇보다 먹어본 음식 맛을 기억해서 만드는 요리는 점점
엄마의 맛을 닮아가고 있다.

어렸을 적 난 김밥을 싸본 적이 없고 그냥 먹기만 했는데도 그 맛이 난다. 내가 먹
어본 음식 맛을 기억해서 내가 만드는 요리의 맛과 닮아가고 있었다. 새벽같이 일
어나 김밥을 싸던 엄마의 모습을 볼 적이면 옆에서 그냥 지켜만 봐도 마음이 푸근
했다. 엄마의 풍경에 내 마음은 그때부터 소풍을 떠난 것 같았다.

참기름, 깨소금, 간이 적당하게 들어간 계란, 햄, 단무지, 당근.
그때그때 있는 재료들을 넣어서 만들 적마다 김밥에서 오묘한 감동이 일어난다.

간이 된 재료들로 인해
맛있는 김밥이
만들어지는 것처럼

다정한 날들이
따뜻한 힘을
발휘할거야

다 제각각 떨어져 있는 것들을 한데 모아서 말면 그토록 맛있는 김밥으로 태어나니 일상도 이렇지 않을까 하는 생각이 드는 거다.

아무것도 아닌 것 같은 싱거운 하루도, 쓰디쓴 하루도 따뜻하던 날, 기뻤던 날, 위로 받았던 날, 사랑 받았던 날들이 감싸주어 맛있는 김밥 같은 날이 되는 것은 아닐까?

오늘 아침도 김밥을 말았다. 그리고 여전히 이 생각을 했다.

살다가 신맛, 짠맛, 쓴맛 같은 날들을 만날 수도 있지만 결국에는 다정한 날들이 감싸주어 따뜻한 힘을 발휘하게 될 거라고 말이다.

천하에
재능 하나 없는
사람은 없다

고등학교에서 수업을 하던 때였다.
글씨 쓰는 것이 좋아서 온 학생들도 있지만, 다른
것을 신청하지 못해서 어쩔 수 없이 온 학생들도
섞여 있었다. 부담을 안은 채 수업을 시작했다.
'어떻게 하면 이 시간을 좋아하게 만들 수 있을까?'
이 생각 저 생각을 하다가 일단 학생들에게 관심을
가지고 다가가 보았다. 글씨를 쓰고 싶지 않은 학
생의 이름을 불러주면서 마음의 벽을 낮추고 싶었
다. 마음이 통했는지 서서히 마음을 열며 속마음을
이야기 해주었다.

어떤 학생은 학교를 왜 다녀야 하는지 모르겠다며
졸업도 하기 전에 그만두고 싶다는 말을 했고, 어
떤 학생은 선생님도 포기했다며 자포자기한 채 있
었다. 어떤 학생은 학원을 다니느라 잠을 못 자서
수업 시간 내내 잠을 자기도 했는데 사정을 듣고
나니 이해가 되었다. 반대로 글씨 쓰는 것이 좋아
서 온 학생들은 어떻게 하면 캘리그라퍼가 될 수

있냐며 초롱초롱한 눈으로 묻기도 했다. 그렇게 온도차가 있던 학생들이었지만 좋아하는 글귀로 적은 말들은 내 기대를 넘어섰다.

바라는 사람이 되기 전에 내가 먼저 그런 사람이 되자.
항상 죽을 것처럼 살아라.
있는 것에 만족하며 살기.
상처가 났다면 이제 아물 일만 남은 거야.
계속 앞만 보고 살면 모든 것을 놓친다.
인생사 새옹지마.
하고 싶은 것을 이루자.
후회할 짓은 하지 말자.

마냥 어리게만 보였던 학생들의 마음 속에 저마다의 한 줄 문장이 있었다는 것이 놀라웠다. 반면에 "좋아하는 글귀 없음"이라고 적거나 아무것도 하고 싶지 않은 모습으로 있던 학생들은 여전히 마음이 쓰였다.
'나도 포기해야 할까? 아니면 그래도 같이 하자고 이야기해야 할까?'
이에 대한 나의 대답은 'NO 포기'.
내가 고등학생 때 어땠는지 기억을 짜내며 이야기를 해주기도 하고, 고등학생 때

꿈을 찾는 것은 생각보다 어렵다는 것, 이렇게 마흔 살이 넘어서도 자신이 좋아하는 것을 찾아갈 수 있다는 이야기들을 해주었다. 나는 그렇게 안간힘을 썼다.

나중에 어떤 학생이 썼던 것 가운데 이 문장이 눈에 들어왔다.
"천하에 재능 하나 없는 사람은 없다."

'아…얘들아 내가 얘기해주고 싶은 말이 이거야!'

천하의
재능하나 없는
사람은 없다

정조대왕의 말

나는 나를 사랑해

원데이 수업으로 자주 오시는 분이 있었다. 은퇴할 때가 얼마 남지 않아서 배우고 싶었던 것을 꼭 해보고 싶어 하셨다. 덤으로 단골 밥집에 글씨 선물도 주고 싶다고 하셨다. 글씨 쓰는 방법을 배우며 쓰고 싶은 말을 적는데 이 말을 적으시는 게 아닌가.

"나는 나를 사랑해."

그 동안 수업을 하며 많은 문장들을 봤었는데,
이 말이 마음에 새롭게 다가왔다.
자신을 향해 사랑한다는 말을 적는 분은 처음이었으니까.

"주위에서 이제 나를 챙기며 살라고 하더라고요. 결혼을 안 해서 부모님을 챙기는 것이 주로 제 몫인데 저를 챙기라며 이야기하는 거예요. 저는 직장 다니면서도 나를 꾸미는 데 돈을 쓰지 않았어요. 이제는 저를 챙기며 살려고요. 그리고 나를 사랑할 줄 알아야 누군가를 사랑할 수 있잖아요."

이 말을 하시고 난 후 한참 동안 정성껏 글씨를 적으시는데 내게도 그분의 마음이 전달되는 것 같았다. 문득 여쭙고 싶었다.

나는
나를 사랑해

"자신을 사랑하는 방법이 뭐예요?"
"내가 좋아하는 것을 하는 거예요."

수업이 끝나고 난 후 그분의 모습이 행복한 여운으로 맴돌았다. 자신이 좋아하는 것을 해볼 수 있는 자리에 내가 어떤 역할을 한 것만 같아서 제법 뿌듯한 마음도 들었다.

사람들을 만나고 돌아오는 날이면 어떤 날은 사람의 모습으로 하루를 기억하기도 하고, 어떤 날은 문장이 마음에 새겨지는데 그 날은 두 가지 모두 고스란히 마음 속에 남았다.

마음 아끼지 마세요

부모님 댁에 가면 새것이 많은데도 헌 것을 계속 사용해서 속상할 때가 많았다. 양말, 수건, 어쩔 땐 입고 계신 옷까지도 다 오래된 것들이다. '좋은 것 좀 쓰시지 왜 사용하지 못하시는 걸까?'하는 마음이 저절로 든다. 그러다 알게 되었다. 새 것, 좋은 것들은 다 꺼내주시는 거다. 어떤 날은 수세미를 한 봉지 가득 들고 온 날도 있고, 어떤 날은 새 수건을 받아온 날도 있었다. 그럴 적마다 이야기해드린다.

"엄마 우리 주지 말고 쓰세요. 수건이 너무 오래돼서 까끌까끌해요."
그러면 엄마가 하시는 말씀은 "또 있어."
안 받겠다고 한사코 이야기해도 엄마 아빠는 주고 싶은가 보다. 어쩔 수 없이 받아 가지고 와도 마음이 아린다. 뭔지 모르게.

농사지은 것, 김치, 싸주신 반찬들이 냉장고에 들어갈 자리가 없다. 이걸 다 어디에 넣어야 하는지 고민한다. 그렇게 받고 올 적마다 생각한다. '나도 나중에 아이들에게 이렇게 할 수 있을까?' 괜스레 부모님을 생각하는 마음에 속상해서 그렇게 안 하겠다는 대답이 먼저 나온다. 새것들도 잘 쓸 것이고, 몸이 여기저기 아프다고 하시면서 김치까지 해서 주는 할머니가 되지 않을 거라고 미리부터 딸들에게 이야기하곤 했다. 그러자 남편이 말한다.

"그렇게 될까?"

그런데 좋은 것을 가지고도 아까워서 쓰지 못하는 나를 보면 나도 모르게 부모님이 생각난다. 그럴 때면 "아끼다 똥 된다."는 다소 웃긴 말이 떠올랐다. 좋은 물건은 때가 탈까봐 옷장 속에 꼭꼭 가지고만 있고, 막 써도 되는 것들만 가지고 다니는 나를 볼 때, 부모님께서 주신 것들 중에서 주기가 아까워서 가지고 있다가 상해서 버릴 때 나도 엄마 딸이라는 게 실감났다. 죄송스럽고 다시 마음이 아렸다.

'좋은 건 써야지. 좋은 건 나눠야지.' 부모님은 비록 자신에게는 인색하셨지만 마음을 아낌없이 나눠주고 계시지 않는가. 거꾸로 내가 부모님의 곳간을 채워드리면 되지, 마음을 더 많이 드리면 되지 싶었다.

마음속에
들어있는
사랑스런마음
그리운마음
정말로
좋은사람생기면
준다고
아끼지마세요
그러다그러다가
마음의물기마르면
노인이되지요

나태주
아끼지마세요 中

인생에서
너무 늦은 때란 없다

거울을 보다가 귓가에 난 흰 머리카락을 처음 보고는 기겁을 했다. 뽑기도 힘든 머리카락을 뽑고는 울상을 짓고 남편에게 말을 했다. "흰머리가 있어요." 나이차가 있어서 남편의 머리에는 이미 흰 눈이 잘 쌓이는 터라 "괜찮아. 이제 시작이야. 나중에 뽑지도 못할 상태가 되면 그러려니 하지." 이렇게 이야기해주는 게 아닌가. 그 뒤로 한동안 잊고 살던 흰머리는 잊을 만하면 눈에 띄었다. 그것도 하나가 아니라 몇 개가 더 숨어있는 것을 보면 나이 들어가는 것 같아 마음이 괜스레 싱숭생숭했다.

마흔이 지나고 나서 나이를 숫자로 세기만 하던 때와 다르게 신체적으로 느끼는 것들이 생기기 시작했다. 초등학교 때 체력장이 줄곧 특급이었다는 말은 그야말로 '라떼' 시절이다.

그런데 살면서 가장 나답다고 느끼는 때가 언제였

는가를 생각하면 마흔을 넘기고 나서였다. 캘리그라피를 하고 나서 받은 상장들이 쭉 놓여 있는 것을 보거나, 그 상장에 내 이름이 선명하게 쓰여 있는 것을 보면 얼마나 뿌듯한지 모른다. 꿈꿀 수 있는 나이는 지났다고 생각했는데 오히려 학창시절보다 지금이 가장 나다운 시간을 지내고 있는 것 같아서 이런 날도 있구나 싶다. 이런 생각들에 더욱 힘을 실어주는 이야기를 라디오를 듣다가 알게 됐다.

〈인생에서 너무 늦은 때란 없습니다〉 책을 쓴 애나 메리 로버트슨 모지스 할머니는 101세의 나이로 세상을 떠나기 전까지 1,600여 점의 작품을 남겼다. 그녀는 미국인이 가장 사랑하는 예술가라고 한다. 12세부터 15년 정도 가정부 일을 하다가 남편을 만난 후 버지니아 농장 생활을 시작했다는 모지스 할머니는 열 명의 자녀를 출산했고 다섯 명이 죽게 되는 아픔을 겪었다. 할머니는 관절염으로 자수를 놓기 어려워지자 바늘을 놓고 76세에 붓을 들고 뒤늦게 그림을 그리기 시작했다.

〈약해지지 마〉를 쓴 시바타 도요 할머니도 있다. 세계 최고령으로 데뷔한 일본 시인이라고 하는데 그 유명한 이름 뒤에 있는 삶의 과정들을 들어볼 필요가 있다. 유복한 딸이었지만 10대 때 가세가 기울어 생계를 위해서 더부살이를 했다고 한다. 20대에 결혼했지만 곧 이혼하였고 33살에 요리사 남편과 결혼하여 외아들을 두었다. 남편과는 1992년 사별하게 되었는데 취미로 하던 일본 무용은 90세가 넘자 하기가 힘들어졌다. 아들은 시를 써보면 어떻겠냐고 권유했다. 그녀는 꾸준히 글을 써서 신문사에 투고했고, 마침내 신문사에 실리게 되었다. 98세에 그녀는 자신의 장례비용을 첫 시집을 출간하는 데 사용했다고 한다. 그렇게 해볼 수 있는 용기들은 어디서 나오는 걸까?

두 할머니의 이야기에서 공통점이 있었다. 무언가를 하기에 완벽한 때는 없다는 거다. 또한 힘든 시절에도 자신이 할 수 있는 것들을 하고 있었다는 것이다. 나이와 상관없이 자신이 좋아하는 것들을 해나가는 것이 일상을 단단하게 만들어 준다는 생각이 들었다. 흰 머리 하나에 울상이었던 내가 이제 이런 할머니를 꿈꾸게 되었다.

'좋아하는 것 하나는 쭉 가지고 살아가자.'
'하고 싶은 것에 나이를 생각하지 말자.'

시바타 도요가 쓴 〈약해지지 마〉에서 다음의 글귀가 생각난다.
"인생이란 늘 지금부터야. 그리고 아침은 반드시 찾아와."
그리고 모지스 할머니의 말.

"인생에서 늦은 때란 없습니다."

인생에서
너무
늦은때란
없습니다

미국화가, 모지스 할머니

다시 시작

여행을 갔던 날이었다. 잠을 자려다가 창 밖을 보는데 바다 위에 배 두 척이 있었다. 너무도 밝은 불빛이 컴컴한 바다 위를 비춰주었다. 물 위에 길이 난 것처럼 보였다. 어둠 속에서 빛 한 줄기의 모습은 강렬했다. 그 순간 떠오른 단어가 '희망'이었다. 살면서 희망을 느낄 때가 언제였을까 문득 떠올려봤다.

어정쩡한 미련을 접어버리고 다시 시작하자고 마음 먹었을 때.
내가 어떠하든지 믿어주고 아껴주는 사람들을 생각할 때.

이런 생각을 하면 제일 막막했었던 때가 떠오른다.
세무학 전공을 했으니 직장생활도 배운 것을 살려서 해야 한다고 생각했다. 학교에서 배울 때와 다르게 사회 생활은 만만치 않았다. 일만 중요한 것이 아니라 직장 동료와의 관계도 중요하고, 회사 분위기도 중요하고, 업무로 만나는 사람들 또한 중요했다.

거기에 일을 하고 난 뒤의 여운들이 내게는 큰 영향을 주었다. 업무가 돈과 관련이 있어서인지 모든 신경이 바짝 세워져 있었고 그것이 내게는 무척 힘이 들었다. 그만두고 싶었다. 그런데 그 동안 보낸 시간들이 있었고, 부모님 생각에 다른 길로 향할 수가 없었다. 참고 참다가 결국에는 방전이 되어 버렸다. 그때는 누군가를 생

마음을
환하게 밝혀
주는것
희망
다시 시작이
있다는것
손중한사람이
있다는것
매일 새로운
아침이있다는것

각할 만큼의 힘도 남아 있지 않아서 도망치듯 퇴사를 했다. 막막했던 시간들, 마치 끈 떨어진 연처럼 갈 길을 몰라 헤매던 시간들이 참 길게만 느껴졌다. 다시 원점에 서 있는 것만 같았지만 전혀 생각하지 못했던 곳에서 나의 마음을 편하게 해주는 것들을 만났다.

지나고 난 후에야 알게 되었다. 끝이라는 선 위에서 시작의 순간을 만나기도 한다는 것을.
물론 가만히 있는다고 나타나는 것이 아니라 찾아야 한다는 것도 알게 되었고.

희망이 절망이 되기도 하고, 절망이 희망이 되는 순간들.
사람들은 어떤 순간 다시 시작하고 싶은 마음들을 가지게 될까?
궁금하다.

말하는 대로 생각한 대로

어릴 적 엄마가 자주 해주신 말씀이 있었다.
"생각이 바뀌면 행동이 바뀌고
행동이 바뀌면 습관이 바뀌고
습관이 바뀌면 성격이 바뀌고
성격이 바뀌면 인격이 바뀌고
인격이 바뀌면 삶이 바뀐다."

자주 들어서 엄마의 말이라고 생각했는데 크고 나니 이 말이 무척 유명한 말이라는
것을 알게 됐다. 미국의 철학자이자 심리학자인 윌리엄 제임스의 말.
그때는 그러려니 생각하고 흘려들은 적이 많았는데 어떤 순간만 되면 자연스럽게
떠올랐다. 더군다나 나도 엄마가 되고 나니 엄마가 해주셨던 말들이 나의 언어가
되어 있는 걸 느끼곤 한다. 곰곰이 생각해봤다. '정말 그럴까? 그랬을까?'
나의 생각이 어떻게 바뀌었는지는 모르지만 말해놓으니 생각이 그 방향으로 흘러
가는 것은 확실했다.
동생이 언젠가 나에게 이런 말을 해준 적이 있었다.
"언니는 글 쓰는 것을 좋아하니까 작가가 되고, 나는 언니 글을 통역해줄게."
그 말을 들었을 때만 해도 그게 가능해? 라고 생각했는데 진짜 가능하게 되었다.
놀랍고도 놀랍다. 지금의 시간을 만난 것을 생각해보면 작가가 되고 싶어서 글을

썼던 것이 아니라 글 쓰는 것을 좋아하니까 그 시간들이 쌓여 좋은 순간을 만난 것이라는 생각이 든다. 만약 거꾸로 작가가 되기 위해서 글을 쓰고 있었다면 진작에 포기했을 것만 같다.

내가 경험했던 시간들 속에서 다시 쓰여진 이 문장.
"말해 놓으면 행동하게 된다."

엄마의 말로부터 시작해서 어른이 되고 난 나의 일상 속에서 한 문장으로 요약된 문장. 그렇게 말의 힘을 믿게 됐다.

괜찮아,
좋은 순간들이 위로가 될 거야

하루하루
단 한 번뿐인 날

글쓰기 백일장에서 상을 타던 날 카톡이 날아왔다.
"부고"
지인의 남편이 세상을 떠나셨다는 소식이었다. 평소 아팠던 게 아니었는데 아침에 일어나니 심정지 상태였다고 했다. 예고도 없이 찾아온 슬픔을 생각하니 먹먹한 마음이 들었다. 오래전에 있었던 갑작스런 이별이 떠올랐다.

초등학생 때였다. 자고 있는데 엄마의 울음소리가 들렸다. 막내동생이 하늘나라에 간 것이다. 아무 말도 할 수가 없었다. 낮에 봤는데 갑자기 세상에 없다니.

태어날 적에 경기를 하는 바람에 장애아로 살아가야 했던 동생은 나의 기억 속에 이렇게 남아 있다. 부모님께서 목장 일을 하러 가시면서 동생과 같이 놀이터에 가서 놀라고 나에게 얘기하셨다. 나는 그 시간이 싫었다. 그래도 겨우 못이긴 채 동생을 데리고 놀이터에 갔는데 어느 날 짓궂은 남자아이가 다가와 동생을 놀렸다.

"쟤 이상해!"

화가 나면서도 동생이 창피해서 다시 되돌아왔던 날이 있었다.

한 날은 코스모스가 길가에 흐드러지게 피던 때였다.

그날도 자전거에 동생을 태워 동네를 누볐다. 꽃이 하도 예뻐서 동생에게 꺾어주려고 자전거를 세워놓았는데, 그 순간 자전거가 미끄러지며 도랑으로 굴러갔다. 너무 놀라서 도랑 속에서 자전거를 끌어안고 동생을 빼내려고 했는데 힘이 부족했다. 할수 있는 건 그저 우는 것뿐이었다. 지금 생각하면 동생을 먼저 일으켜 주고 자전거를 빼내면 될 것이었는데, 그때는 자전거를 놓으면 안 된다는 생각에 있는 힘껏 잡고 울고만 있었다. 그때 어떤 아주머니가 뛰쳐 나오시더니 나를 향해 달려오셨다. 나와 동생을 도랑에서 꺼내주셨다. 집에 돌아와 엄마를 보고 얼마나 울었는지 모르겠다. 말도 할 수 없었던 동생은 울지도 못하고 얼마나 무서웠을까.

동생이 태어났을 때 의사 선생님은 몇 년 살지 못할거라고 하셨다. 그렇지만 동생은 훌쩍 그 시간들을 넘겼고, 엄마는 동생을 장애아 학교에 보내려고 책가방과 구두를 거실 한편에 세워놓고 입학을 기다리고 계셨다. 그런데 동생은 엄마가 사놓으신 물건을 사용하지도 못하고 하늘로 가버렸다.

그 날 이후로 삶과 죽음에 대해서 생각을 많이 하게 되었다.

계속 볼 수 있을 거라고 생각했던 동생이 갑자기 떠난 것처럼 살고 죽는 것이 불쑥 다가오는 것이구나 생각하게 되었다. 그렇게 떠나 보낼 줄 알았으면 엄마가 데리고 놀라고 했을 때 싫어하지 않고 동생이 좋아하는 놀이터를 더 많이 갔을 텐데, 그렇게 짧은 시간 볼 줄 알았으면 더 많이 손잡아 주고, 동생을 놀렸던 아이들을 따끔하게 혼내줬을 텐데…. 아무리 후회해도 부질없었다.

죽기 전에 후회하는 것들 중에서 "마음껏 사랑해 보지 못한 것"이라는 기사를 읽은 적이 있다. '왜 지나고 나서 후회를 하게 되는 걸까?'

갑자기 날아온 지인의 부고가 내 마음속을 후볐다. 누군가에게 좋은 일이 생긴 날, 누군가는 슬픔을 겪게 되다니 아이러니하다.

머릿속에 맴돌고 있던 기억을 회상하다가 죽기 전에 후회되는 것을 덜 만들고 싶은 생각이 들었다. 하루가 언제나 주어지는 게 아닌데도 매일매일 살 것처럼 살아가는 일상에서 다시금 정신을 차리게 된다.

늘, 들리나요
선물 받은 하루의 시작

이른 아침 들었던 노래나 말은 하루를 보내다 보면 머릿속에 맴돈다.
라디오를 듣고 나면 유독 더 그렇다.
아침 9시에 시작되는 〈강석우의 아름다운 당신에게〉
라디오 오프닝이 끝나고 클래식 음악이 흐르고 나면 매일같이 듣는 이 말.
"들리나요? 선물 받은 하루의 시작."

정신 없이 아침밥을 차리고 일을 하러 갈 때도, 차분히 아침을 맞이할 때도,
마음이 심란한 날도, 좋은 소식이 있던 날도 변함없이 듣는 말.
사실 어떤 날은 선물 받았다고 생각되지 않는 하루도 있는데
변함없는 이 말이 느닷없이 위로가 될 때가 있다.

일상에서 보물을 발견하듯 새로운 기쁨을 주는 라디오 오프닝.
제목을 외우진 못해도 마음을 평온하게 해주는 음악들.
문자 당첨이 되어 선물로 받은 커피 쿠폰.
이 모든 것들이 라디오를 좋아하게 된 이유지만
마음 속 감동을 주는 또 다른 게 있다면 이것이다.

강석우의 아름다운 당신에게
라디오 오프닝

들리나요
선물 받는
하루의
시작

'늘' 그 자리에 있는 말.

'늘' 그 시간에 친근한 목소리로 나타나는 강석우 DJ.

'늘'이라는 단어를 떠올리게 해주는 게 나에겐 잔잔한 감동이었다.

나다움을 만들어가는 것들

"너답지 않게 왜 그러냐?"

고등학교 담임 선생님께서 자율학습을 하지 않고 집에 가고 싶다는 내게 하셨던 말씀이었다. 꽤 놀라신 모습으로 나를 바라보셨다. 그도 그럴 것이 나는 친구들이 '노력파'라는 별명을 붙여줄 만큼 성실한 학창시절을 보냈기 때문이다.
그때 마음은 그랬다. 해도해도 안 되는 것이 있구나. 지쳤다.

선생님은 성적이 어떻든 많은 격려를 해주셨다. 그 격려 덕분에 수능도 보고 대학교도 갔다. 선택할 수 있는 것이 없을 줄 알았는데 그래도 다른 무언가가 있었다.

그 시절이 가끔씩 떠오른다. 선생님께서 말씀하신 나다움이 지금의 나와 어떻게 다를까? 막막했던 시간들에 비교하면, 꿈에도 그려보지 않았던 현재를 살아가고 있는 것 같다. 예술 영역의 일을 하리라고 한번도 생각해 보지 않았는데 직업 구분상 예술가에 속하니 말이다. 글씨 쓰는 일을 생각하면 잊을 수 없는 한 날이 떠오른다.

경제학 시험을 보던 때였다. 시간 안에 되도록 많은 것을 써야 한다는 생각에 글씨 생각은 안하고 제출했더니 교수님께 메일을 받았다. 글씨 좀 또박또박 잘 쓰면 좋겠다는 내용이었다. 얼마나 민망하고 창피하던지 그때를 생각하면 지금 내가 하고 있는 일이 얼마나 반전일까 싶어서 웃음이 난다.

다시 돌아가 '나다움'을 종종 회상하는 이유가 있다. 예술의 영역에서 활동하다보니 '나만의 것이 없을까?' 이런 물음들을 하게 된다. 사실 갈증이 난다.
타고난 예술가의 기질이 있어서 시작한 것도 아니고 후천적 노력으로 여기까지 왔는데, 나다움을 찾기 위해선 고등학교 때처럼 노력파 예술가로 살아가야 하는구나 하는 생각도 든다.

주방에서 밥상을 차리다가 뜬금없이 이런 생각이 들었다.
'모든 그릇에는 저마다의 쓰임이 있네.'
너무 예뻐서 특별한 날에만 꺼내 쓰는 새하얀 접시가 있고, 음식의 종류에 따라서 골라 쓰는 접시들이 서로 다르다. 쓰기 편해서 자주 손이 가는 밥그릇도 빼놓을 수 없다. 나다움도 이런 것이 아닐까 하는 생각이 불현듯 스쳤다. 꼭 화려하고 예쁜 것만 나다움이 아니라 자기만의 쓰임이 있는 것들은 다 나다움을 지니고 있지 않을까? 그러니 지금의 내게도 나다움은 이미 담겨진 채로 있는 것은 아닐까?

좋아하는 것들, 쓰고 싶은 이야기, 귀담아 듣고 싶은 세상 이야기들. 눈길이 머무는 풍경, 눈에 밟히는 사람들, 이렇게 마음에 다가오는 하나하나가 나다움을 만들어가고 있었구나.

나다움

마음으로
다가오는 것들이
나다움을
만들어가고 있었구나

마음을 부드럽게 해주는 것,
결국 사랑

친정집에 갔더니 엄마가 뭔가를 가져가라고 하신다.

"그거 가져다 발라봐 좋아."

뭔가 했더니 뚜껑에 "예쁜 발크림"이라고 적혀 있었다.

붙여진 이름이 어찌나 찰떡 같이 잘 지어졌는지 보자마자 웃음이 났다. 한편으론 마음이 시큰했고 이유가 있었다.

언젠가 내가 스쳐가는 말로 발바닥이 갈라져서 아프다고 했더니 그걸 기억해주신 거다.

발에 대한 기억을 떠올리면 어릴 적 엄마 아빠 발의 감촉이 생각난다.

어쩌다 스쳐 지나갈 적이면 발뒤꿈치가 어찌나 딱딱하고 날카롭게 아프던지

마치 심한 가뭄을 만난 논처럼 보였다.

그런데 이제 내가 그렇다.

거기다 한 술 더떠서 아이들이 내 발을 보고 이런 말을 한다.

"엄마 많이 걸어서 그래요?"

이해할 수 없다는 눈으로 쳐다보는 모습 속에서 오래전 내가 거꾸로 보인다.

'나도 그랬지….'

뚜껑을 열어 듬뿍 덜어내 발에 바르고 보습에도 좋으라고 오랜만에 양말도 챙겨신고 자는 날 다음이면 발뒤꿈치를 확인해본다.

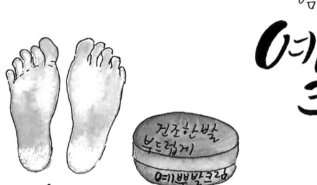

"엄마가주신"
예쁜발
크림

건조한발
부드럽게
예쁜발크림

마음이 건조해질때
부드럽게 해주는 것, 사랑

마법처럼 사라지진 않았지만 보들보들한 감촉에 괜히 마음까지 촉촉해진 기분이 들었다.

내가 가는 모든 곳을 같이 가는 발,
매일의 일상을 모두 함께 해주는 발.
뭐가 그렇게 바빴냐며 모든 시간의 흔적들을 지닌 나의 못생긴 발이 조금 예뻐졌다.
엄마가 준 예쁜 발크림 덕분에.
엄마가 기억해준 그 마음 때문에.

바람은 언제나
당신의 등 뒤에서 불고

손석희 앵커가 진행했던 앵커브리핑을 오래도록 봐왔다. 중학교 시절부터 팬이었던 난 뉴스는 별로 관심이 없었지만 학교 다닐 때 좋아하는 선생님 과목처럼 찾아 보게 되었다. 덩달아 사회, 경제, 문학, 사람, 음악, 예술 다양한 글들을 두루 알게 되었는데 그 중 이 문장이 기억에 오래 남는다. 너무도 아쉬웠던 2019년 12월 31일 앵커브리핑의 마지막 장면.
〈아일랜드 켈트족의 기도문〉이 다시 등장했다.
문장이 참 따뜻해서 앞부분은 어떤 글이 있었나 찾아보고 싶었다.

당신 손에 언제나 할 일이 있기를
당신 지갑에 언제나 한두 개의 동전이 남아 있기를
당신 발 앞에 언제나 길이 나타나기를
바람은 언제나 당신 등 뒤에서 불고
당신의 얼굴에는 해가 비치기를
이따금 당신의 길에 비가 내리더라도
곧 무지개가 뜨기를
불행에서는 가난하고
축복에서는 부자가 되기를
적을 만드는 데는 느리고

바람은 언제나
당신의 등뒤에서 불고
당신의 얼굴에는
항상 따사로운 햇살이
비추길

JTBC 손석희의 앵커브리핑 중에서, 켈트족의 기도문

친구를 만드는 데는 빠르기를

이웃은 당신을 존중하고

불행은 당신을 아는 체도 하지 않기를

당신이 죽은 것을 악마가 알기 30분 전에

이미 당신이 천국에 가 있기를

앞으로 겪을 가장 슬픈 날이

지금까지 겪은 가장 행복한 날보다

더 나은 날이기를

그리고 신이 늘 당신 곁에 있기를….

한 줄, 한 줄 기도문을 읽다 보니 누군가를 향하여 빌어줄 수 있는 축복들이 이렇게도 많았나 하는 생각을 하게 된다. 또 좋은 마음을 빌어줄 때 어떤 말을 써야 할지 막막한데 이렇게 조목조목 마음으로 빌어준다면 상대가 얼마나 행복할까 하는 생각도 들었다. 그때처럼 여고생은 아니지만 아직도 팬심 가득하게 설레는 것을 보면 마음은 나이 들지 않는다는 생각을 하게 된다. 하긴 70세가 넘으신 엄마도 마음은 청춘이라고 하셨으니까.

누군가를 좋아하는 마음. 생각만해도 행복해지는 마음. 누군가가 잘 되기를 바라는 마음. 좋은 소식이 들려오기를 기다리는 마음, 같은 하늘 아래에 있는 것만으로도 감사한 마음. 마음 속 아껴두고 싶은 소중한 공간에 오래 담아둔 마음들을 생각하면 켈트족의 기도문을 나도 지을 수 있을 것만 같다.
'좋은 글을 쓰고 싶을 때는 좋아하는 마음으로 써야지.'

쓸모없는 것에도
햇살이 담기면 아름다워진다

몇 년 전 겨울, 거제도로 여행을 다녀 온 적이 있다.

점심을 먹고 주위을 걷다가 한 풍경에 시선이 모아졌다. 수공예품들이 전시된 행사장이었다. 쭉 걷다 보니 글씨를 쓰고 계신 분이 보였다.

걷다가도 글씨만 보면 발길이 멈추는 나였기에 궁금한 마음에 그곳을 향해 걸어갔다. 진열된 것들에 써있던 문장들을 스미듯 보고 있는데, 어느새 구경오신 분들이 많아졌다. 친구들과 여행을 오셨던 분들은 써 있는 문장들을 보시면서 이런 저런 이야기를 나누고 계셨다.

고등학교 자녀가 있는 분들은 노력에 대한 문장을 사고 싶다고 했고, 남편에게 마음을 전하고 싶었던 분은 정겨운 문장을 고르고 싶다고 했다.

위로가 되었던 문장들 앞에서는 서로 자신의 마음 같아서 좋다고 이야기를 하셨다. 곁에 서 있던 난 얼떨결에 그 모든 장면들을 바라보며 그분들의 마음을 공감하고 있었다.

그렇게 서 있다가 이제는 글씨를 쓰시는 분께 나의 눈길이 향했다.

많은 사람들 속에 둘러싸여 있는데 떨지도 않으시고 순식간에 쓰는 글씨를 보며 이렇게 질문을 드렸다.

"선생님 이렇게 잘 쓰려면 어떻게 해야 해요?"

쓸모없는것에도
햇살이
담기면
아름다워진다

그분은 손사래를 치시며 이야기 하셨다.

"7년 정도 손글씨를 썼어요. 전문가라고 말하려면 10년은 해야죠."

10년이라… 단 1년도 하지 않은 내가 글씨를 쓰는 것이 힘들다고 했던 것들이 들킨 것만 같아서 뜨끔해졌다.

"가격이 너무 싼 거 아니에요? 나무 값도 안 나오겠어요."

"돈을 벌려고 하면, 이 일은 하기 어려워요. 이 일은 큰 돈을 벌 수 있는 게 아니에요."

몇 마디를 나누다가 내게 다른 이야기들을 해주셨다.

"처음부터 이 일을 한 것은 아니랍니다. 안 해본 일이 없어요. 어느 날 손글씨를 보고서 너무 쉽게 보여서 해볼 수 있겠다고 생각해서 시작했어요. 그런데 막상 해보니 그렇게 쉬운 게 아니더라고요. 요즘은 일이 다 끝나도 매일 20장씩 글씨를 연습하고 잡니다. 그러지 않으면 할 수가 없어요."

그분의 삶이 담긴 이야기를 듣고 나자 조금 전에 보았던 글씨를 어떻게 해서 그토록 물 흘러가듯 써갈 수 있었는지 이해하게 되었다. 한편으로 글씨가 삶의 고달픔을 넘어선 희망의 끈처럼 느껴졌다.

"보통 사람들은 유리가 깨지면 쓸모 없는 것이라고 버려요. 그렇지만 그 깨진 유리 그릇으로 뭘 할 수 있는 지 알아요?"

나는 순간 뭐라 말을 해야 할지 몰라 머뭇거리고 있었다.

"햇살이에요. 그 깨진 틈 사이로 빛이 들어오니 햇살을 담을 수 있어요. 사람들은 자신에게 일어나는 일들이 가장 어려운 일이고, 가장 힘든 삶이라고 생각해요. 그렇지만 그건 자신의 일이라서 그런 거예요. 어려움은 누구에게나 있을 수 있어요. 그런 시간을 잘 지나가면 거름이 되지만, 그렇지 않으면 아무것도 아니랍니다."

잠시 구경만 하다가 가려고 했는데 뜻밖에 들은 이야기들로 인해 잠시 멍해졌다. 내가 들었던 이야기들이 마음 속 생각의 틀을 흔들어주는 것만 같았다. 언젠가 다시 그 분을 뵐 것 같다는 생각에 사진 한 장을 찍고 돌아섰다.

그 이후 아직까지도 그분을 다시 뵌 적은 없었다. 그렇지만 그분에게서 들었던 말들은 아직도 생생하다.

어려워 보이는 것도 매일의 연습 속에서 단련된 작품이 될 수 있다는 것과 무엇보다 쓸모 없는 것에도 햇살이 담기면 아름다워진다는 그 말은 따뜻함의 가치들을 오래도록 상기시켜 준다.

누구에게나
아픈 손가락이 있다

좋아하는 작가의 글을 더 보고 싶어서 SNS를 찾아봤지만 허탕이었다. 그러다 한 인터뷰 영상속에서 그녀의 마음을 알게 되었다.

"제가 SNS를 하지 않는 이유가 있어요. 보다 보면 자꾸 비교하게 되는 거예요. 그래서 마음이 힘들어져요. 그 속에서 나만 빼고 모두 행복하게 잘 지내고 있는 것 같아서요."

누군가에 의해 영향을 받지 않을 만큼 단단한 마음을 가진 사람이라 생각했는데, 무척 의외였다. 어떤 마음인지도 공감이 됐다. 나도 마음이 이리저리 중심을 잡지 못할 때는 SNS를 덜 보는 편이기 때문이다. 그럴 땐 누군가의 삶을 탐색하기보다 일기를 쓰고 생각들을 정리하면서 일상을 보냈다.

집에서 글씨를 쓸 때마다 라디오, 인터뷰, 강연들을 듣곤 하는데 이런 생각이 들었다. '모르고 봤을 때는 어려움 없이 잘 살고 있는 것 같은데 사람들은 저마다 어떤 아픔들이 있구나.' 무게의 경중은 천차만별이지만 아픔의 종류들도 참 많다는 생각이 들었다.

때때로 이런 아픔들 속에서도 뜻밖의 위로를 느낀다.

'너도 힘들었구나. 나도 힘들었는데….' 세상에서 나만 힘든 삶을 살고 있는 것은 아니구나 하는 스스로의 위안이 아닐까.

어느 작가가 글쓰기 수업 시간에 "누구에게나 OOO은 있다."라는 질문을 했다고 한다. 꿈, 사랑, 후회, 허물 등의 대답이 나왔는데 50대는 이런 대답이 많았다고 한다.

"누구에게나 아픈 손가락이 있다."
아직 50대는 아니지만 마음으로 알아간다. 어떤 어려움도 없이 완벽하게 행복한 날을 살아가는 사람보다 간신히 버티며 살아가는 사람들이 세상에 훨씬 많다는 것을.

누구에게나
아픈 손가락이
있다

살아있는 동안 기쁘게 살기 위해

국내 최고령 현역 의사였던 한원주 할머니의 기사를 본 적 있다.
2020년 9월 30일, 94세의 나이로 세상을 떠나시며 하셨던 말이 "힘내, 가을이야, 사랑해."라는 세 마디였다고 한다. 어떻게 이런 아름다운 말을 남기고 떠날 수 있을까? 나라면 어떤 말을 할 수 있을까?

그분에 대한 이야기를 읽다가 한 부분이 눈에 들어왔다.
"늙으면 죽어야 한다."고 말하는 환자에게 사람이 죽고 사는 것은 다 때가 있고, 사는 동안 기쁘게 살아야 한다고 말씀하셨던 부분이었다.
"가르쳐 드릴까요? 기쁘게 사는 법. 간단한데요. 기쁘게 사는 첫 조건은 움직이는 거예요. 생활 습관을 바로 하는 것이 80퍼센트나 건강을 지키는 역할을 해요."

그분이 떠난 자리에는 그분께서 생전에 하셨던 말씀들이 놓여 있다. 나이 들어 자꾸 누우려고만 하지 말고 움직이라는 말씀도 기억하고 싶지만, 평소 습관에 대한 생각들도 깊이 남는다. 어떤 습관을 가지고 살아갈까? 하루하루 몸을 대하는 행동들이 건강이 되는 것처럼, 매일 마음을 대하는 자세도 마음의 건강이 되고 있다는 생각을 떠올려 보게 된다.

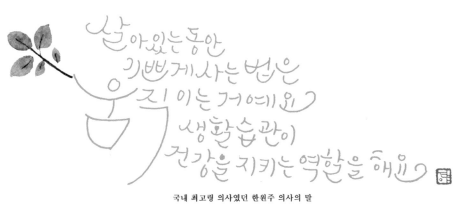

살아있는동안
기쁘게사는법은
움직이는거에요
생활습관이
건강을지키는역할을해요

국내 최고령 의사였던 한원주 의사의 말

손글씨의 힘

나에게 영향을 준 영화 한 편이 있다.

〈나미야 잡화점의 기적〉이라는 영화다. 나의 마음을 움직였던 장면은 답장을 해주는 나미야 아저씨의 모습이었다. 처음에는 잡화점에 찾아오는 아이들의 고민을 답장해주는 것으로 시작했는데, 나중에는 방황하는 청춘들의 편지에 답장을 해주는 역할로 바뀌어 갔다.

익명의 편지이므로 쓰는 사람도 자신의 고민들을 마음껏 적는다. 나미야씨는 진심을 다해 답장을 써준다. 편지를 읽은 청춘들은 나미야씨에게 위로를 받고 자신의 흔들리는 마음을 다독인다. 자세한 영화의 스토리들을 모두 말할 수는 없지만 내게 이런 여운들이 남았다.

1. 누군가의 이야기를 들어준다는 것만으로도 위로가 될 수 있다는 것
2. 응원이 담긴 말이 누군가에게 따뜻한 영향을 줄 수 있다는 것
3. 막연하게 좋은 말만 하는 것이 아니라, 현실적이고 진심 어린 말이 필요하다는 것
4. 스스로는 자신의 길이 보이지 않는다는 것
5. 사람들이 힘들어 할 때 보내는 신호에 반응해주는 것
6. 마음이 갈팡질팡 할 때 빛을 따라가야 한다는 것

당신은 내게
소중한 사람 이에요

손글씨로 만나는 사람들을 대할 적마다 웬지모르게 이 영화가 떠오른다.
마치 나미야씨에게 답장을 받은 것처럼 자신을 향해 날아온 문장들을 적고 있는 모습들이 뭉클하게 다가올 때도 있다.

한편으로 나는 이 영화를 생각할 적마다 손글씨가 조금 더 좋아지기도 했다. 아름다운 정성이 가득 들어있는 편지를 나의 또 다른 이름처럼 새기며 살고 싶은 마음도 들었다. 누군가를 위로해주는 글씨를 쓸 수 있다는 것이 어쩐지 나를 좋은 사람으로 만들어주는 것만 같았다.

마음을 표현하는 일이 얼마나 기쁜 일인지 알게 되었고, 누군가는 그 마음들로 인해서 오래도록 나를 기억하기도 했다. 누군가에게 힘든 시절을 지나가는 말이 되기도 했고, 누군가는 자신의 SNS 대문사진으로 오래 간직하는 이들도 있었다. 모두 다 내게는 더없이 고마운 일들이었다.

요즘 같은 시대에 핸드폰으로 뭐든 다 할 수 있다지만 손글씨로 꾹꾹 눌러쓴 글씨들은 사라지지 않는 따뜻함이 담겨 있다는 생각을 한다. 나는 그 마음을 오래도록 안겨 주고 싶었다. 그리고 그 글씨들을 볼 적마다 이 문장이 담겨 있음을 말해주고 싶었다.

'당신은 내게 소중한 사람이에요.'

내가 위로 받았던 말

'어떤 말을 쓰면 사람들에게 더 와닿을까?'
이런 생각을 많이 하게 된다. 선물을 주거나 누군가에게 글을 써줘야 할 때.
책꽂이에 책들을 훑어보기도 하고, 정리해 놓은 블로그도 열어보고,
핸드폰 메모장에 적어두었던 문장들도 다시 열어보곤 한다.
그렇게 나는 내게 해주는 말보다 누군가를 향하는 말과 글에 점점 익숙해지는 사람
이 되고 있다고 생각했다. 그러다 알게 됐다. 그렇지 않다는 것을.

"엄마 사랑해요. 축복해요."
"수고가 많다."
"언니 글은 따뜻해. 기다려진다. 잘 될 거야."
"글씨 고마워요. 힘이 나요. 감동이에요. 위로가 돼요."
내가 오히려 이렇게 고마운 말들을 듣고 있었다.
어쩌다 버스를 타면 내릴 때마다 이런 말이 들린다.
"감사합니다."
하차할 때 기사 아저씨께 건네는 사람들의 말이었다.
그러면 기사 아저씨는 "네."라고 하거나 한 명 한 명에게 "안녕히 가세요."라고 말
을 건네신다.
작은 말이지만 내 마음도 따뜻해진다.

마음속
일상의 먼지를
청소해주는 말
고마워
사랑해
잘하고있어
수고했어

위로.

사전적 의미로는 따뜻한 말이나 행동으로 괴로움을 덜어주거나 슬픔을 달래준다는 말. 위로가 슬픈 일을 겪었을 때만 해주는 것이라고 생각했는데, 요즘 들어 평범한 일상에서도 자주 필요하겠구나 생각한다. 일상의 고단함 속에서 누군가 마음을 알아주는 한 마디 말만 해줘도 마음이 거뜬해지는 것을 보면서, 일상의 먼지를 청소해주는 말이 필요하단 생각이 든다.

거창 하지 않아도 단순한 말 한마디,
"고마워, 사랑해, 잘하고 있어. 네 편이야. 수고했어."

충분한 위로와 따뜻함이 들어있다는 것을 불현듯 느끼게 된다.

웃는 아침이
웃는 하루를 만든다

암으로 치료를 받으셨던 분에게서 소리를 내어 웃는 웃음 치료를 하고 있다는 말을 들은 적이 있다. 그분 말로는 억지로 웃는 가짜 웃음이라 하더라도 뇌는 진짜 웃음과 구분하지 못한다니 어찌 되었건 웃어보자는 생각이 들게 되었다. 예전에는 가끔씩 멍하니 개그 프로그램을 보면서 박장대소한 적이 있었는데, 사실 살면서 배꼽잡고 웃을 일이 생각보다 많지 않다. 생각난 김에 웃음에 대한 명언을 찾아봤다.

"웃는 사람은 실제적으로 웃지 않는 사람보다 더 오래 산다. 건강은 실제로 웃음의 양에 달렸다는 것을 아는 사람이 거의 없다"(제임스 월쉬)
"웃음은 전염된다. 웃음은 감염된다. 이 둘은 당신의 건강에 좋다."(윌리엄 프라이)
"하루 15초만 웃어도 이틀 더 산다."(볼 메모리얼 병원)
"웃을 수 있을 때 언제든 웃어라. 값싸지만 좋은 보약이다."(노먼 커존스)
"웃으면 복이 와요."(윌리엄 새커리)

이 중에서 제일 익숙한 문장이 "웃으면 복이 와요."가 아닐까?
이렇게 열심히 웃음 명언을 찾았건만 언뜻 스친 기사에서 이 말이 제일 크게 보인다.
"웃으면 젊어진다."
어쨌든 웃자 웃어.

좋은 아침이 좋은 하루를 만든다

당신은 나의 세상에서
가장 빛나는 별입니다

"아이가 어린이집에 갔어요. 하고 싶었던 것을 배우고 싶어서요."
"퇴직을 했어요. 이제 나를 위해서 시간을 가질 거예요."
"오래전부터 예쁜 글씨를 쓰고 싶었어요."
"편지 쓰는 것을 좋아하는데 선물해주고 싶어요."
수업에 다양한 연령층의 사람들이 오신다. 언젠가 배워보겠다고 생각했던 것을 해
보려는 기대가 눈빛에 담겨 있다. 그렇게 작정하고 자신을 위한 시간을 보내겠다며
오셨지만, 정작 쓰는 문장들은 가족을 생각하는 말들이 많다.

잠시 육아로부터의 해방을 맛보는 엄마들은 아이를 잘 키우고 싶은 마음을 담아 쓰
고, 직장에 매여 자신을 위한 시간을 뒤로 미루고 살아오신 분이 가족들을 위한 말
을 쓰는 것을 보면 이런 마음이 든다.
'소중한 것들을 소중하게 보아 주는 존재들이 있을 때 또 다른 무언가가 빛을 낼 수
있구나.'
예쁘지 않은 것을 예쁘게 보아 주는 것, 좋지 않은 것을 좋게 생각해 주는 것이 사
랑이라고 나태주 시인은 시를 통해 말했다. 누군가를 빛나게 만드는 건 사랑하는
마음에서 온다는 것을 다시금 알게 된다.

당신은
나의 세상에서
가장 빛나는 별입니다

너무 애쓰지 마라
그만해도 된다

혼자서 글씨를 쓸 때와 달리 사람들 곁에 다가가면 뜻밖에 문장들을 만난다. 그때마다 난 마치 머릿속에 밝은 전등이 하나씩 켜지는 것 같았다. 마음 속에 떠돌아다니는 많은 감정들이 문장으로 표현되었을 때 얼마나 고마운 것인지, 눈부시게 밝은 그 말들의 빛을 바라본다.

지인과 이야기를 나누다가 연습장을 내밀어 봤다. 위로가 되었던 말을 적으시라 말씀드리니 몇 문장을 적으셨다.

"너무 애쓰지 마라. 그만해도 된다."

나는 더 이상 묻지 않았다. 그 말이 어떤 의미를 담고 있는지 있는 그대로 느꼈기 때문이었다. 글씨를 쓴 이후로 누가 어떤 말이 좋다고 하면 적어 놓는 습관이 생겼는데 어떤 말은 내 곁을 떠나지 않고 맴돈다. 마치 문장들이 거울 같아서 보고 있으면 나의 마음 속을 가만히 바라보게 해준다.
너무 애쓰고 사는 누군가를 위로할 수 있는 이 말이 나의 마음을 향해 걸어왔다.

꾸준함, 길이 되게 하다

캘리그라피 수업을 하다 보면 이런 말을 듣곤 한다.

"글씨를 잘 쓰고 싶은데 어려워요."

그럴 적마다 이렇게 얘기를 드리곤 한다.

'꾸준히 써보는 것이 실력이 느는 방법이에요.'

시간이 지나도 여전히 이 말은 변하지 않는다.

그런데 이 말은 글씨를 막 배우기 시작한 사람들에게만 해당되는 것은 아니다. 내게도 글씨는 아직도 어렵다. 새하얀 화선지를 망칠까 봐 멈칫하게 된다. 틀리지 않고 써야겠다고 생각하는 순간 손에 붓은 그야말로 부담 백배가 된다. 그럴 때마다 이렇게 생각을 바꿔본다.

'다시 쓰면 되지 뭐.'

'하루 아침에 되는 것이 어디 있을까?'

비단 글씨를 쓸 때만 아니라 글을 쓰는 것도 그랬다. 어떤 날은 국수가락처럼 쭉쭉 써지기도 하지만 어떤 날은 늪에 빠진 듯 써지지 않는 날도 다반사다. 그동안 글과 글씨를 쓰면서 어떤 시간들을 보냈을까 쭉 적어봤다.

2013.12 경기방송 〈라디오스타〉 한 페이지 스토리 가작 채택

2015.7 MBC 양희은, 강석우 〈여성시대〉 토요일 '연애시대' 방송 사연 채택

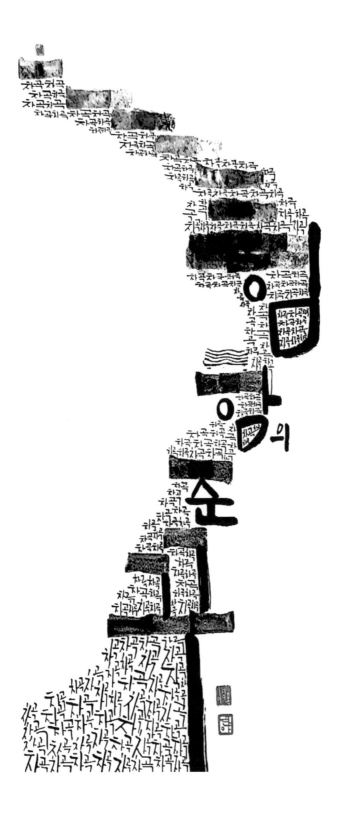

2015.9 KBS 〈허수경의 해피타임〉 '4시의 쉼표' 방송 사연 채택

2016.6 KBS 〈허수경의 해피타임〉 '4시의 쉼표' 방송 사연 채택

2016.10 KBS 〈허수경의 해피타임〉 '4시의 쉼표' 방송 사연 채택

2019.4 CBS 〈한동준의 FM POPS〉 '내 마음의 보석송' 방송 사연 채택

2019.12 동아리 에세이 공모전 최우수상

2020.10 주민자치센터 백일장 시 장원급제

2021.4 CBS 〈한동준의 FM POPS〉 '내 마음의 보석송' 방송 사연 채택

2018.9 예술대제전 캘리그라피 특선, 입선 2작품

2019.2 예술대제전 캘리그라피 특선, 입선

2019.6 한국전통문화예술진흥협회 3.1운동 100주년 기념 대한민국 부채예술
        공모전 특선, 입선 2작품

2020.6 한국전통문화예술진흥협회 부채공모전 특선, 입선 2작품

2020.2 제 37회 한국예술문화협회 한국미술제 추천작가

2020.9 제 38회 한국미술제 한국예술문화협회 추천작가

2020.9 대한민국 김호연재 여성 휘호대회 입선 2작품

2020.10 제 2회 대한민국캘리그라피창작대전 입선

2020.11 제 26회 대한민국미술전람회 입선 2작품

2021.4   제15회 대한민국미술전람회 부산공모전 캘리그라피 입선 2작품

2021.6   한국전통문화예술진흥협회 부채공모전 특선, 입선 2작품

2021.7   제 39회 예술대제전 한국예술문화협회 예술대제전 추천작가

2021.11 제27회 대한민국미술전람회 입선

2021.11 제 39회 한국미술제 초대작가

2019.1   제 3회 캘리그라피 그룹 붓놀이야 기획전

2020.2   제 4회 캘리그라피 그룹 붓놀이야 기획전

2019.8   화성 문화전 마을 작가전

2021.5   한국, 중국 부채 국제교류전

2021.5   인사동 젊은 인사 손편지 2인전

적어보니 이렇게도 많은 것들을 했었나 하는 생각이 들었다. 점으로 흩어진 것들을 연결하다 보니 선이 되고 길이 되었다는 생각이 들었다. 타고난 무언가는 없었어도 지속하고 싶었던 것들에 대한 선택이 나를 또 다른 곳으로 데려다 준 것만 같았다. 고등학교 시절 한 친구가 내게 이런 말을 한 적이 있었다.

"내가 너처럼 공부하면 서울대 가겠다."

그때 나는 아무리 해도 성적이 오르지 않아서 지쳐 있을 때였다. 조금만 해도 성적

이 쑥쑥 오르는 그 친구의 말이 비수처럼 다가와 좌절감에 아무것도 하고 싶지 않았다. 잊어버릴 때도 됐는데 왜 아직도 그때의 친구 말이 선명하게 기억나는지 모르겠다. 그냥 나답게 살아갔을 뿐인데 그때는 뭔지 모르게 억울했다.

요즘은 꾸준함이 재능이라는 말을 종종 어디선가 마주하게 된다. 그만큼 오래하는 것들이 어렵기 때문에 이런 말도 나오는 게 아닌가.

예전처럼 재능이 없다는 생각이 들어서 미리 포기하는 마음은 많이 희석된 것 같다. 하고 싶으면 해보는 거다. 해보지 않고 후회하는 것보다 해보고 난 뒤에 포기해도 늦지 않음을 그간의 시간들을 통해서 알게 되었다.

"하면 된다."는 무조건적 긍정보다 적어도 "하면 는다."는 현실적인 깨달음들이 훨씬 희망적으로 다가왔다.

오래 지속하는 것이야 말로 자신만의 길을 만들어가는 방법임을 고스란히 느끼며 지내고 있다.

기록, 무의미한 시간들은 없다

싸이월드가 있던 시절부터 쓰게 된 글이 블로그까지 이어졌다. 주로 좋아하는 것들에 대해 기록한다. 라디오에서 기억하고 싶은 문장, 평범한 일상에서 마음에 머무는 이야기, 엄마의 일상, 아이들이 성장하는 모습, 캘리그라피를 하면서 보고 들은 문장, 최근에는 나이듦과 남편의 은퇴를 준비하는 이야기. 그것들이 쌓이고 쌓이다 보니 어느새 1,000개가 넘는 글이 되었다.

그렇게 써가면서 알게 된 것들은 여러 가지다.
첫째, 내가 무엇을 좋아하는지 구체적으로 알게 되었다는 것.
둘째, 적으면 좋은 순간들이 오래 머문다는 것.
셋째, 간직하고 싶은 문장들이 세상에 많다는 것.
넷째, 지나간 시간은 다시 돌아오지 않으니 현재에 충실하자는 것.

이렇게 기록에 대한 특별함을 생각하면, 2015년 즈음 라디오에서 우연하게 들었던 오프닝을 잊을 수가 없다.
"주변에 보면 뭔가를 열심히 모으는 취미를 가진 사람들이 있습니다. 동전을 수집하는 동전 수집가, 오래된 우표들을 수집하는 우표 수집가, 음반을 수집하는 음반 수집가, 예쁜 그릇을 수집하는 그릇 수집가. 이런 수집가들의 공통점들은 수집품을 단순한 물건들로 생각하는 게 아니라 특별한 보물로 생각합니다. 생각이 물건의 가

무의미한
시간들은 없다

기록

현재 과거 과거 현재 미래거 현재 미래 과거 현재 미 현재 과거 현재
거 현재 거 캐 현재 미래 과 거 과 미래 래 현재 과거 미래
래 과거 미래 현재 거 과 미래 현재 래 현재 과거 미래 현재 과거
현재 과 미래 현재 과거 과 미래 현재 과 거 현재 거 미래 현재 과거
미래 과거 현 과거 과거 과거 거 현재 거 미래 래 과 현재 미래
미래 과거 천해 현 과거 과거 거 미 원 과거 현 과 미래 과 현재 미래 과거

치를 만드는 것이죠. 그리고 이런 특별한 수집가도 있는데요, 기억을 수집하는 사람, 기억 수집가입니다."

누군가의 보물 같은 기억들을 꺼내서 함께 듣고 공감하는 기억 수집가.

그 멘트가 마치 나를 위한 말처럼 느껴졌다. 기억 수집가라는 단어를 또 다른 닉네임으로 삼을 정도였다. 기억을 기록하며 살았던 이유를 명확하게 한 단어로 알게 된 것만 같았다.

어떤 날은 지워버리고 싶은 아픈 기억도 있다. 그것은 굳이 적지 않는다.

반면에 소소한 일상, 고마운 기억들, 행복한 순간들, 마음 벅찼던 감동들은 기억하고 싶어서 적어놓는데 이런 마음을 안겨 주었다. 마음이 퍽퍽해질 때 따뜻한 마음이 사그라지지 않도록 바로 펼쳐볼 수 있는 다정한 책갈피가 내 안에 있다는 생각이었다.

매일이 같은 날 같은데 오래 전 써놓은 글들을 읽다 보면 나는 보게 된다. 그 시간들 속에서의 수없이 많은 발버둥을….

무의미가 의미가 되는 순간들을 이렇게 찾아가 보고 있는 중이다.

살아있는 위로가
살아있는 가슴에

"살아있는 글이 살아있는 가슴에."

오래전 인천의 어느 헌책방 모퉁이에 걸려 있던 문장이었어요. 그때 그 말이 왜 그렇게 마음속으로 들어오던지 마치 인생의 문장을 만난 것처럼 기억하게 되었답니다.
'어떻게 하면 살아있는 글을 쓸 수 있을까?'
살아있는 글을 써야겠다고 생각하면 한 줄도 못 쓸 거 같습니다. 단지 일상을 살다가 마음에 흔적처럼 남은 것들을 쓰고 싶어요. 마치 목에 무언가가 걸려있는 것처럼 가득 찬 것들을 꺼낼 적마다 속이 후련해지는 기분이었거든요. 거창하게 살아있는 글까지는 아닐지라도 일상의 여운을 담은 글은 순간순간에 대한 기억창고처럼 제게 그렇게 고마운 것이었어요.

그런 제가 책을 쓰기 시작했을 때 만감이 교차했습니다. 쓰는 것이 좋아서 작가가 되고 싶다는 생각을 해본 적은 있지만, 막상 쓰려고 하니 마음은 한없이 작아지고 손은 떨렸어요. 이런 고민 속에서 책을 쓰는 과정들이 느리게 가다가도 빠르게 진행되고 있었어요. 그동안 써놓은 블로그 글들이 책을 구성하는 뼈대가 되어 주었고, 캘리그라피를 하면서 만났던 사람들과 문장들이 책의 몸통이 되었답니다.

'지나간 일들이 지나가기만 한 것이 아니구나.'
기록들이 있었기에 쓰고 싶은 말을 찾을 수 있었어요.

원고를 쓰면서 또 다른 발견을 하게 되었답니다. 나를 일으켜준 문장들, 사람들의 마음속에 담겨 있는 문장들의 아름다움이었어요. 모든 날이 꽃길이어서가 아니라 희로애락, 생로병사를 겪는 중에 태어난 문장들이 제게 아름다움으로 다가왔어요. 살아가는 날들에 대한 소중함이 담겨 있었기 때문이에요.

사람들에 대한 고마움을 느꼈던 시간이기도 했습니다.

블로그에서 알게 된 글쓰기 친구 강혜은 작가는 제 블로그 글들을 보며 많은 사람에게 읽히면 좋겠다고 자주 이야기해 주었어요. 평생 고마운 말이에요. 라디오를 통해서 알게 된 김재용 작가님은 책을 어떻게 써야 할지 몰랐던 제게 기꺼이 손을 내밀어 주셨습니다. 그분 덕에 초고를 시작할 수 있었고, 책을 쓰는 내내 감사했습니다. 육아의 고립된 섬에서 세상 밖의 이야기를 들려주시고 제 이름을 따뜻하게 불러주신 경기방송 지화진 DJ님에게도 감사드려요. 라디오 DJ분에게 특별하게 감사함을 전하는 까닭은 라디오에 글을 보낼 적마다 아낌없는 격려를 해주셨기 때문이에요. 덕분에 글을 더 쓰고 싶게 되었어요. 라디오 일기를 쓰면서 만들어진 언어들이 이 책을 채웠습니다.

감사함을 전할 분들이 더 계세요. 김수홍 편집장님 감사합니다. 묻힐 글들에서 무언가를 발견해주시고 날개를 달아주셨으니 얼마나 감사한 일인지요. 2인 1조 달리기를 하듯 약해지려는 제 마음을 붙잡아주신 시간이 이 책에 고스란히 담겨 있네요. 글에 대해 말을 주고받을 적마다 배려해 주시고 응원해주신 마음들은 책을 쓰는 시간 속에서 발견한 또 다른 감사함이었답니다. 보이지 않는 곳에서 누군가를 빛나게 해주시는 분들도 빼놓을 수 없어요. 김설향 편집자님의 수고와 책에 가장 어울리는 옷을 입혀주신 박희경(사라박) 디자이너께도 감사한 마음을 적어봅니다.

198

변화무쌍하게 원고가 바뀔 적마다 인내해주신 마음들은 책을 넘어 제 마음에 감동으로 새겨졌습니다.

그토록 많은 책의 에필로그에 담긴 고마움의 글들이 이해되는 지금, 또 다른 고마움을 새겨봅니다. 아주 가까이에서 고스란히 삶의 많은 감정과 감동을 나누고 살아가는 자매들이 있어서 다행이고 감사해요. 같이 나이 들어가지만, 마음만은 그대로인 친구들, 인연을 맺고 오래도록 은은한 마음들을 보내주시는 분들도 감사해요. 이름을 다 적지 않았어도 아껴둔 보물 같은 분들이 눈에 아른거립니다. 그러니 이곳에 이름이 없다고 혹시라도 섭섭해하지 말아 주세요.

엄마가 되고 시간이 멈춘 것 같았는데 엄마를 거꾸로 성장시켜준 사랑스러운 딸들이 고맙고, 숨은 조력자인 남편이 있었기에 제 속에서 무언가를 꺼낼 용기를 내 본 것 같습니다. 효녀는 아닌데도 부모님을 생각하면 코끝이 찡합니다. 저보다 더 저를 사랑해주셔서 늘 사랑에 빚진 마음입니다. 그토록 아들 하나를 원하셨지만, 딸마다 다양한 모습으로 살아가는 모습을 보시면서 웃을 일이 앞으로도 더 많으실 거라고 믿어요.

책의 제목을 〈다정하고 따스한 위로가 필요해〉라고 정하며 많은 생각을 했습니다.

'다정한 위로가 필요하세요?'라고 질문하는 것이기도 했고요, '따뜻한 위로가 필요해.'라는 제 마음의 고백이기도 했답니다. 원고를 쓰는 내내 이 마음들이 수시로 드나들었어요.

"좋은 말을 자주 보면 나를 일으켜주는 말이 된다.
자주 보는 말이 생각을 바꿔준다."

저만의 발견이라고는 생각하지 않아요. 저는 글씨를 쓰는 사람으로서 이 말을 더 가깝게 실감하며 살아간다는 걸 이야기하고 싶었어요. 다시 처음으로 돌아가 이 문장을 이렇게 바꿔보고 싶습니다.

"살아있는 위로가 살아있는 가슴에."

누군가 들려준 살아있는 문장들이 제게 살아있는 위로를 주어서 감사합니다. 제가 적은 글들도 누군가의 마음을 위로해주는 문장이 된다면 책을 쓴 이유가 충분히 되리라 생각해요.

오래 붙잡고 있었고, 많은 날을 밤새 고민했지만 오로지 하나, 좋은 것을 주고 싶었던 마음으로 이제 모든 글을 접어 보냅니다.

일상에서 따뜻한 발견을 이어가기를 바라며

단아 이 경 복

★ 사람들이 쓴 글귀 모음

긍정적인 글귀

- 삶은 생각을 따라 스며든다
- 내가 좋은 사람이 되어, 내게 좋은 사람이 오길
- 나는 매일 좋아지고 있다
- 새 인생 다시 태어날 것처럼 _ 지킬 앤 하이드 OST, New Life 중에서
- 바꿀 수 없는 것들을 아쉬워하지 말 것
- 세상은 어떤 마음의 눈으로 보느냐에 달려있다
- 상상했던 삶을 살아라
- 마음먹은 만큼 행복해진다
- 기쁨과 행복은 키운 만큼 자란다
- 마음을 바꾸면 삶이 달라진다
- 좋은 말 하면 좋은 일이 일어날 거예요
- 정성으로 다한다면 그 마음은 모두에게 전달된다 _ 안세정 칼럼니스트
- 웃자 웃으면 웃을 일이 생긴다

따뜻한 글귀

- 사랑해 고마워
- 안녕 별 같은 사람
- 당신 참 괜찮은 사람이에요
- 괜찮아, 걱정 마 우리
- 일생을 아름답게 걸어오신 당신 사랑합니다
- 당신은 나의 세상에서 가장 빛나는 별입니다
- 넌 아주 사랑스러운 사람이며, 네 인생은 사랑으로 가득 차리라

  _ 스누피 명대사
- 다 잘 될 거야
- 넌 빛날 거야. 오늘도 내일도
- 난 항상 네 편이야
- 오늘 하루 힘들었지? 수고했어
- 다 잘 될 거야. 괜찮아질 거야
- 이제 쉬어도 돼
- 우린 괜찮을 거야
- 내 아이의 앞날이 눈부시게 빛났으면 좋겠다

현재 글귀

- 천천히 삶을 즐겨라
- 현재에 충실해지자
- 인생사 새옹지마
- 있는 것에 만족하며 살기
- 상처가 났다면 이제 아물 일만 남은 거야
- 다시 오지 않을 소중한 시간들

자존감 글귀

- 나다울 때 가장 빛난다 _ 김재용, 오드리 헵번이 하는 말
- 즐기는 자가 진정한 챔피언입니다
- 내 인생 나답게 살자
- 당당히 살자
- 내가 선택한 일에 후회하지 말자
- 꿈을 향해 당당히 나아가라
- 너는 항상 빛이 나
- 그냥 당신이 좋습니다
- 꽃들도 사람도 피는 계절이 다르다

노력 글귀

- 부모는 언제나 마음의 정원을 가꾸어야 합니다 _ 강혜은, 스마트폰보다 엄마표 놀이
- 눈이 부시게 오늘을 살아가세요 _ 드라마 명대사, 눈이 부시게 중에서
- 어디를 가든지 마음을 다해 가라 _ 공자
- 하다 보면 는다
- 나중의 내가 지금의 나다. 바라는 대로 살자
- 하고 싶은 것을 이루자
- 후회할 것은 하지 말자
- 바라는 사람이 되기 전에 내가 먼저 그런 사람이 되자
- 항상 죽을 것처럼 살아라
- 세상에 공짜는 없다
- 노력은 배신하지 않는다
- 예쁜 나를 찾아가자
- 표현하자
- 뭐든 해보자
- 사람의 진심은 말이 아닌 행동이다

힘들 때 위로가 되는 글귀

- Life Goes On
- 머지않아 너의 날이 올 것이다
- 삶이 힘들 때 난 내 꿈을 바라봐
- 괜찮아, 토닥토닥
- 당신의 모든 날, 모든 순간이 행복했으면 좋겠습니다
- 아직 시간은 충분해 넌 할 수 있어 _ 스누피 명언
- 나는 항상 너를 응원해
- 꿈이 있는 사람은 행복합니다
- 걷고 있지만 기다리는 거예요. 기다리면서 기다리면서 걷고 있는 거예요.
- 애쓰지 마라 그만해도 된다

행복 글귀

- 정말로 아름다운 순간이 눈앞에 펼쳐진다면 그 순간을 내 마음 속에 간직
  하기 위해 즐겨라
- 네가 오후 4시에 온다면 3시부터 행복해질 거야 _ 어린왕자
- 당신의 모든 날들이 행복하기를
- 행복한 일은 매일 있어

206

- 더 좋은 나를 위해, 더 좋은 날을 위해
- 당신이 행운입니다
- 행복의 주문, 오늘도 행복할 거야
- 지난 일을 떠올리지 말 것
- 모든 순간이 빛나길
- 후회하지 말고 즐기자
- 계속 앞만 보고 살면 모든 것을 놓친다
- 괜찮아 좋은 일이 있을거야

다정하고 따스한 마음이 필요해

2022년 1월 28일 초판 발행

지 은 이 | 이경복

펴 낸 이 | 김수홍
편   집 | 김수홍, 김설향
디 자 인 | 사라박
펴 낸 곳 | 도서출판 하영인
등   록 | 제504-2019-000001호
주   소 | 포항시 북구 삼흥로411
전   화 | 054) 270-1018
블 로 그 | https://blog.naver.com/navhayoungin
이 메 일 | hayoungin814@gmail.com
인스타그램 | https://www.instagram.com/hayoungin7

ISBN 979-11-971556-2-8

값 15,800원

＊ 이 도서는 한국출판문화산업진흥원의 '2021년 출판콘텐츠 창작 지원 사업'의
   일환으로 국민체육진흥기금을 지원받아 제작되었습니다.